KB103170

<조지아 아르메니아 여행기 1>

코카사스의 보물을 찾아 1

송근원

〈조지아 아르메니아 여행기 1〉

코카사스의 보물을 찾아 1

발 행 | 2020년 6월 24일

저 자 | 송근원

펴낸이 | 한건희

펴낸곳 | 주식회사 부크크

출판사등록 | 2014.07.15.(제2014-16호)

주 소 | 서울특별시 금천구 가산디지털1로 119 SK트윈타워 A동 305호

전 화 | 1670-8316

이메일 | info@bookk.co.kr

ISBN | 979-11-372-1020-2

www.bookk.co.kr

머리말

코카사스 산 속의 나라들, 조지아와 아르메니아를 여행한 것은 2018년 10월 24일부터 11월 23일까지 딱 한 달 동안이다.

원래는 이 한 달 동안 아제르바이잔을 포함하여 이른바 코카사스 3국을 여행하려 하였으나, 아제르바이잔 입국 비자 때문에 조지아와 아르메니아만 여행을 한 것이었다.

여정은 조지아의 트빌리시, 카즈베기, 슈아므타, 그레미, 크바렐리, 시그나기, 보르조미, 아칼치케, 바르지아, 바투미, 주그디디, 메스티아, 우쉬굴리를 돌아보고, 아르메니아로 가 예레반, 코르 비랍, 세반, 딜리잔, 고쉬, 에치미아진, 가르니, 아쉬타락 등을 여행한 후 다시 트빌리시로 돌아와 조지아의 트빌리시 시내, 므츠케타, 가레자, 노리오, 짤카, 치아투라 등을 여행한 것이다.

이들을 기록한 것은 너무 분량이 많아 3권으로 나눌 수밖에 없었다.

곧, 〈코카사스의 보물을 찾아 1〉은 조지아의 트빌리시와 슈아므타, 텔라비, 그레미, 네크레시, 크바렐리, 시그나기, 보드베 등의 카헤티 지방과 아나누리, 구다우리, 카즈베기 지역, 그리고 보르조미, 아칼치케, 바르지아 지역을 여행하며 느낀 것들을 기록한 것이다.

〈코카사스의 보물을 찾아 2〉는 바투미, 주그디디, 메스티아, 우쉬굴리 등을 여행 한 후, 트빌리시로 와 다시 아르메니아로 넘어가 예레반에 거처를 두고, 코르 비랍, 세반 호수, 딜리잔, 고쉬 등을 방문한 이야기이다.

〈코카사스의 보물을 찾아 3〉은 아르메니아의 에치미아진, 아쉬타락, 가르니, 예레반 시내를 구경한 후, 조지아로 돌아와 트빌리시 시내와 므츠케타, 노리오, 가레자, 쌀카, 치아투라 등을 방문한 내용이다.

이 책 〈코카사스의 보물을 찾아 1〉에 수록된 내용만 간략히 소개하면 다음과 같다.

조지아가 여행하기 좋은 나라라는 것은 잘 알려진 사실이다. 기후 좋고, 자연 경관 좋고, 먹을거리 좋고, 교통비와 호텔비 싸고, 거기다 우리나라 여권은 365일 비자가 면제되고.

조지아의 트빌리시는 정말 머물고 싶은 도시이다. 여기엔 유럽풍의 옛 도시도 살아 있고, 현대화된 예술적인 건물들도 있고, 음식도 맛있고, 포도주도 맛있고, 맥주도 맛있다.

여기에만 머물며 쉬엄쉬엄 주변을 관광하는 것도 하나의 좋은 방법이다. 예컨대, 주변엔 카즈베기, 므츠케타, 시그나기, 가레자, 고리, 치아투라, 쿠다이시, 보르조미 등을 방문할 수 있다.

이들 도시들은 나름대로 독특한 볼거리들을 제공한다.

카즈베기와 구다우리의 설산들과 카즈베기산 꼭대기의 게르게티 성당, 시그나기의 멋진 풍광, 쿠다이시의 옛 교회와 유적들, 보르조미의 샘물, 아칼치케의 성, 바르지아의 동굴도시 등이 주요 볼거리들이다.

그러나 이 가운데 제일 기억에 남는 것은 단연 카즈베기이다. 카즈베기로 가다보면, 진발리 저수지도 있고 옛 성인 아나누리 요새도 있지만, 그것보다도 높은 설산과 깊은 계곡이 있는 구다우리 전망대를 잊을 수 없다. 코카사스가 만들어낸 최고의 절경이다.

여기에 프로메테우스가 인간에게 불을 전해준 죄로 카즈베기 산에 갇혀 독수리에게 3,000년 동안 간을 쪼아 먹혔다는 그리스 신화까지 덧붙여져 있으니, 꼭 방문해야 하는 곳이다.

"카즈베기를 안 보았다면 조지아를 보지 못한 것이다."라고 단언할 수 있다.

또한 카헤티 지방의 평원과 언덕 위의 도시 시그나기 역시 꼭 방문해야 할 곳이다.

'사랑의 도시'라고 부르는 시그나기는 언덕 위에 있는 예쁜 도시이다. 여기에서 카헤티 평원을 바라보며, 이곳의 특산물인 포도주를 한 잔 하면서, 지는 해를 바라보는 것도 권장하고 싶다.

물론 슈아므타 수도원과 그레미의 교회, 텔라비 요새, 네크레시 수도원, 보드베 수도원 등 카헤티 지방은 볼거리가 많으니, 시그나기에서 하루쯤 머물며, 잃어버린 낭만을 찾아보는 것도 괜찮을 것이다.

한편 보르조미 지역에서는 그 유명한 샘물도 있지만, 아칼치케의 성과 바르지아의 동굴도시가 기억에 남는다.

조지아는 이야깃거리도 많다.

코카사스의 산이나 흑해 연안의 도시엔 옛 그리스 신화와 관련

된 곳들이 많아 이들 이야기를 반추하며 관광하면 그 재미가 매우 쏠쏠하다.

또한 조지아는 나라 이름을 조지아 성인의 이름을 따서 지은 데서 볼 수 있듯이 신실한 오래 된 기독교 국가인지라 기독교와 관련된 이야기들 역시 풍부하고 고대의 교회 유적들이 많다.

지금 이야기한 것들이 모두 코카사스의 보물들이다.

코카사스의 보물들을 찾아보시면 어떨까?

이 책을 읽고, 코카사스의 보물을 찾아 떠나시는 데 도움이 되기를 기대한다.

2019년 3월 전사출판하고,
2020년 6월 칼라판 종이책으로 출간함
송원

차례

조지아: 트빌리시
(2018.10.24-10.25)

트빌리시 삼위일체 성당

그레미

조지아: 슈아므타/텔라비/그레미/네크레시/크바렐리/시그나기/보드베 (2018.10.26)

구다우리

조지아: 아나누리/구다우리/카즈베기 (2018.10.27-10.28)

게르게티 교회

조지아: 보르조미/아칼치케/바르지아 (2018.10.29-10.30)

아칼치케 성

1. 살기 좋은 조지아

2018년 10월 24일(수)

낮에는 알마티 시내를 어슬렁거리다가 저녁에 알마티 공항으로 가서 조지아 트빌리시로 가는 비행기를 타는 것이 오늘 일과다.

그렇지만 계획이 계획대로 지켜지는가?

새벽에 인터넷 정보를 확인하고, 오쉬(Osh)에 있는 이 선생과 통화를 한다.

이 선생은 오늘 우리와 함께 트빌리시로 가야 하는데, 오쉬에서 비슈케크 아침 비행기 표를 끊었다고 한다. 그러니 저녁 비행기 시간까지는 올 수 있을 거다.

알마티 공항

알마티 공항

12시에 체크아웃을 한 후. 우리 전용식당 네델카에서 점심으로 샌드위치 1,700텡게(약 5,200원)와 와인 800텡게(약 2,500원), 음료수, 채소구이 등을 시킨다. 모두 3,663텡게(약 11,000원 정도)가 들었다.

점심을 잘 먹은 후, 2시 반에 79번 버스를 타고 공항으로 간다.

공항에는 3시 반에 도착한다.

이제 할 일이 없다.

공항은 검색검문이 허술하다. 그만큼 위협받는 요소가 없는 듯하다. 사람들도 많지 않다.

이 선생과 초롱씨는 기다려도 기다려도 나타나지 않는다.

기다리다 비행기를 타러 검색대를 통과하며 뒤를 돌아보니 이 선생과 초롱씨가 헐레벌떡 뛰어온다.

시간을 보니 6시 반이다. 정말 아슬아슬하게 공항에 도착한다.

1. 살기 좋은 조지아

이 선생과 초롱 씨가 이런 스릴을 즐기는 줄 예전엔 정말 몰랐다.

우리 마음이 조마조마했는데, 이 선생 부부는 얼마나 가슴이 뛰었을까?

비행기로 비슈케크에 도착하여 버스를 타고 알마티로 국경을 넘어 와서 공항까지 다시 택시를 타고 오는데, 러시아워에 걸려 겨우 6시 반에야 공항에 도착한 것이다.

저녁 19시 30분에 알마티 공항을 이륙한 비행기는 조지아 트빌리시 공항에 21시 40분에 도착한다.

트빌리시 공항에서 짐을 찾은 다음 환전을 하고, 유심칩을 바꾸어 넣는다.

조지아 1라리는 우리 돈 470원 정도이고, 1달러에 2.4라리로 환전

트빌리시 공항

트빌리시 공항

을 해준다.

유심칩은 Magti라는 회사의 2주일용 3기가짜리가 35라리(약 17,000원), 한 달용 7기가 40라리(약 20,000원), 한 달용 16기가 55라리(약 27,000원)이다.

우린 약 한 달을 이곳에 있을 예정이니 40라리짜리 유심칩을 산다.

공항택시는 비싸다. 시내까지 50라리를 받는다. Yandex Taxi 어플을 깔고, 공항에서 콜하면 보통 20라리(약 10,000원)이며. 25분 정도 걸리면 30라리(15,000원) 정도 받는다.

한편 공항의 출발(Departure) 지역으로 나와 버스 37번을 타면 0.5라리(250원)인데, 약 50분 정도 걸린다.

우린 미리 예약해 놓은 피터 팰리스 호텔의 유료 셔틀버스를 이용하기로 연락해 놓았기에, 30라리를 주고 호텔에 도착한다.

조지아는 코카사스(카프카스라고도 함) 지역에 있는 나라인데, 흔히 미국의 조지아 주와 혼동이 되는 나라 이름이다.

소련 연방 시절에는 그루지아라는 나라였는데, '그루지아'의 뜻이 뚱뚱한 사람, 무뚝뚝한 사람'이라는 뜻이어서 독립하면서 기독교 성인의 한 분인 조지 성인(Saint George)의 이름을 따 국명을 바꾼 기독교 국가이다.

이 나라는 아르메니아와 함께 세계에서 가장 오래된 기독교국가로서 자부심을 가지고 있는 나라이다.

이 나라가 기독교 국가인 것은 이 나라 국기만 봐도 알 수 있다. 국기에는 빨간 십자가가 무려 다섯 개나 된다.

이 가운데, 중앙의 큰 십자가는 성 조지(St. George)의 십자가이고, 나머지 네 개의 작은 십자가는 예루살렘(Jerusalem) 십자가이

조지아 국기

다.

실제로 최근 통계(2015년)에 따르면, 기독교인 조지아정교회 인구가 전 인구의 83.4%를 차지하고, 약 10.7%가 무슬림이며, 아르메니아 사도 교회가 2.9%, 가톨릭이 0.5%, 여호와의 증인 0.3%. 야지디교 0.2% 개신교 0.1%이다.

이 나라는 코카사스 3국(조지아, 아르메니아, 아제르바이잔) 중 하나로서 서쪽은 흑해, 북쪽은 러시아, 남쪽은 터키와 아르메니아, 동쪽은 아제르바이잔과 접해 있는 나라인데, 지리상으로는 아시아에 속해 있으나 우랄산맥 서쪽에 위치하고 있어 동유럽으로 분류되기도 한다.

북쪽은 큰 코카사스 산맥, 남쪽은 작은 코카사스 산맥이 있고 가운데는 비교적 평지인 나라이다. 남북의 코카사스 산맥이 방풍 역할을 하여 기후는 비교적 온화하다고 할 수 있다.

물론 코카사스의 높은 산 속은 춥겠지만, 트빌리시의 경우, 겨울에도 평균 기온이 섭씨 1도 정도로 그렇게 춥지 않고, 여름의 평균 기온도 섭씨 25도로 쾌적하다.

2018년 조지아 통계청에 따르면, 총면적은 69,700m^{2}로 남한의 70% 가까이 되지만, 인구는 373만 명이고 이 중 116만 명이 수도인 트빌리시에 산다.

우리나라와는 1년간 무비자 협정을 맺은 나라이고, 우리나라 면허증을 1년 동안 교체 없이 쓸 수 있는 나라이다.

또한 술과 맥주도 맛있는 나라이고, 음식 등도 우리 입맛에 맞고, 자연 풍치도 좋고, 무엇보다도 물가도 교통비도 싸니 우리나라 사람들이 놀러가서 몇 달씩 놀다 올 수 있는 참 좋은 나라이다.

1. 살기 좋은 조지아

호텔에서는 우리에게 조지아 교통카드를 준다. 여기에 돈을 충전해 가지고 버스를 탈 때나, 전차를 탈 때, 또는 택시를 탈 때나 박물관에 들어갈 때, 이 카드를 제시하면 할인이 된다고 한다.

이 교통카드는 정말 편리하게 잘 써 먹었다. 택시 탈 때는 안 되는 것 같았지만, 조지아에 있는 동안 정말 잘 썼다.

조지아를 방문하시면 제일 먼저 할 일이 교통카드를 구입하여 충전하는 일이다.

2. 모르면 그냥 지나친다.

2018년 10월 25일(목)

아침을 먹은 후 호텔 근처에 있는 트빌리시 성 삼위일체 성당(Tbilisi St. Trinity Cathedral)을 보러 간다.

호텔을 나와 성당 쪽으로 몇 발자국만 가면 대통령궁이 보인다.

호텔이 대통령 궁 옆의 골목에 있으니, 시내구경하다가 호텔 찾아 올 때 잃을 염려는 없겠다.

이 성당은 세인트 엘리아의 언덕 중앙에 있는데, 옛날에는 아르메니아인들의 공동묘지 터였다고 한다.

이 성당은 세계에서 세 번째로 큰 정교회 건물로서 높이는 84m

트빌리시: 성 삼위일체 성당

이고, 원뿔 모양의 돔은 황금으로 장식되어 있는데, 돔 위에는 7m의 황금십자가가 있다.

이 성당은 조지아 정교회의 총본산이다.

조지아 정교회는 가장 조지아다운 것 3가지(조지아 정교회, 조지아 말, 포도주) 중 하나로 손꼽힌다.

조지아인들의 정신적 구심점이 되어 왔기 때문이다.

그래서 그런지 조지아에는 유서 깊은 성당과 수도원 등이 많이 남아 있다.

트빌리시: 성 삼위일체 성당 정원

예컨대, 이 성당 이외에도 예수님 옷이 묻혀 있다는 스베티츠코벨리 성당, 성녀 니노(조지아에 기독교를 전파한 여인)가 묻힌 보드베 수도원, 100라리 지폐 속의 주인공 루스타벨리(조지아의 유명한 시인)가 공부했다는 이칼리 수도원, 스탈린이 목회자가 되기 위해 다녔던 신학교가 있는 시오니 성당 등등이 그러하다.

이 성당에서는 트빌리시 시내가 한눈에 보인다. 마찬가지로 시내에서도 이 성당이 보인다.

착시 현상 때문이라는데, 여기에서 맞은편 나리칼라(Narikala) 요새를 보면 요새가 밑으로 보이고, 나리칼라 요새에서 보면 대성당이 낮아 보인다고 한다.

이 성당은 본당 이외에도 종탑, 수도원, 신학교 및 아카데미, 박물관, 대주교 사택, 그리고 휴게실 등으로 이루어져 있다.

트빌리시: 성 삼위일체 성당 종루

성당으로 들어가는 문을 들어서면, 앞 저 멀리 대성당 본당이 보이고 왼편에 종루가 보인다.

이 종루에 있는 종들은 독일에서 만들어 가져온 것이고, 이 가운데 가장 큰 종은 8톤이라고 한다.

본당에는 대천사, 성녀 니노(Nino), 성 조지, 성 니콜라스, 12사도 등 9개의 예배실

이 있는데, 이 가운데 5개는 지하에 있다.

대성당 주변의 정원 역시 잘 가꾸어져 있다. 노란 장미와 분홍색 장미 그리고 붉은 장미들이 아직까지도 생생하게 피어 있다.

부유한 시민들의 기부금으로 지은 이 대성당은 2004년에 완공되었는데, 이 건물의 밑바닥에는 거룩한 곳에서부터 가져온 물체가 놓여 있다고 한다.

거룩한 물체란 시온 산과 요르단 강에서 나온 돌들, 예루살렘과 세인트 조지의 무덤에서 파온 흙 등이다.

성당 벽에는 이콘 화가 아미란 고글리제(Amiran Goglidze)가 그린 아름다운 벽화가 있고, 성전 아래는 박물관으로 쓰이고 있다.

삼위일체 성당에서 나와 아블라바리(Avlabari) 전철역 쪽으로 간다.

이 전철역 근처에는 에찌미아진 아르메니안 교회(Ejimiajin Armenian Church)가 있다.

이 교회를 지나 길을 건너면 아래로 내려가는 길이 나타난다.

이 길을 따라 내려가면서 왼쪽을 보면 다레잔 여왕의 궁전(Queen Darejan Palace)이 있다.

여왕의 궁전을 올려다보며 몇 발자국 더 내려가면, 오른편으로는 나리칼라 요새로 올라가는 케이블카(Aerial Tramway)가 보이고, 왼편으로는 언덕 위에 메테키 교회(Metekhi Church of the Assumption)가 보인다.

시간은 1시 35분이다.

일단 메테키 교회로 올라간다.

이 교회는 5세기에 처음 지은 것이지만, 지금까지 무려 37번이나

트빌리시: 메테키 교회

다시 지은 것이다.

왜 37번이나 다시 지었냐고?

그야 아랍과 터키의 수많은 침략을 겪었고, 근대에는 러시아가 점령했기 때문이지.

한마디로 이 교회는 조지아 정교회의 수난을 보여주는 교회이다. 예컨대, 17~18세기에는 이슬람 요새로 사용되었고, 옛 소련 시절엔 감옥과 극장으로 쓰이기도 했다. 스탈린이 여기에 갇혀 있기도 한 곳이다.

1980년대 말 조지아 총대주교가 교회 복구 운동을 벌인 끝에 비로소 조지아 정교회의 역할을 되찾은 곳이다.

이 교회는 절벽 위에 있는데, 절벽 밑으로는 강이 흐르고 있다.

여기엔 이 강을 향해 말을 탄 동상이 있는데, 이 동상은 사카르트벨로(Sakartvelo)의 왕 바크탕 고르가살리 왕(King Vakhtang Gorgasali)의 동상이다.

2. 모르면 그냥 지나친다.

사카르트벨로는 옛 조지아에 있던 나라인데, 조지아인들이 자기나라를 부를 때 쓰는 이름(Endonym)이다. 예컨대, 우리는 우리나라를 대한민국이라고 하는데, 다른 나라 사람들은 고려(Korea)라고 부르는 것과 마찬가지이다.

실제로 외국인이 조지아보다도 사카르트벨로라고 부르는 걸 더 좋아한다.

이는 당연하다. '코리아' 대신 '대한민국'이라고 하는 외국인을 만나면 얼마나 기특하겠는가!

그러니 여행하실 때 한 번 쯤 '사카르트벨로'를 써먹어 보시라! 대우가 확 달라질 것이다.

어찌되었든 고르가살리 왕은 비잔틴 제국과 함께 페르시아의 사산왕조에 대항하여 용감하게 싸운 임금님이라고 한다. 비록 패해서 이베리아왕국의 몰락을 가져 왔지만.

그렇지만 이건 역사이고, 야사에 따르면, 페르시아 군과 싸울 때 이 용감무쌍한 임금님이 나타나면 '늑대가 나타났다'면서 페르시아 병졸들이 앞다투어 도망가기 바빴다는 이야기가 전해 내려온다.

이런 이야기 때문에 고대 페르시아어에서 '고르가살리'라는 말에 '늑대의 왕'이라는 뜻이 생겼다는데, 정말인지는 모르겠다.

그렇다면 이 분이 왜 여기 서 말을 타고 한 손을 들고 계시냐고?

이 양반은 조지아 정교회를 재건하신 분이고, 트빌리시의 기초를 다져놓으신 분으로서 중세 조지아 역사에서 가장 인기 있는 임금님이기 때문이다. 곧, 조지아 정교회에서는 이 왕을 거룩하고 올바른 믿음을 가진 왕으로 추앙한다.

전설에 따르면, 5세기 경 고르가살리 왕이 매를 데리고 꿩 사냥에 나섰는데 꿩을 쫓던 매와 쫓기던 꿩이 숲속 뜨거운 연못에 떨어져 죽었다.

그 모습을 본 왕이 숲의 나무를 모두 베어버리고 도시를 세우라고 명령하여 건설된 도시가 '뜨거운 도시'이라는 뜻의 트빌리시라 한다.

뜨거운 연못은 강 건너편의 유황온천이라고 한다.

메테키 교회를 둘러보고 내려오는 길에는 몸체에 낙서가 되어 있는 별로 예쁘지 않은 커다란 비석 같은 것이 놓여 있다.

그 밑의 돌에 새긴 글을 읽어보니, 요건 베를린 장벽의 일부로서 조지아 수상이 독일을 방문했을 때 독일과 조지아와의 우정을 기념하여 독일 정부가 2017년 6월 16일에 기

트빌리시: 베를린 장벽 일부

증한 것이다.

“아하, 이게 베를린 장벽의 일부구나!”

모르면 그냥 지나칠 뻔했다.

겉으로 볼 땐, 낙서에 좀 지저분하게 보이는 비석이라서 왜 이런 걸 여기에 세워 놓았을까 하면서 그냥 지나치기 십상이지만, 알고 보면 역사적 가치가 있는 유물임에 틀림없다.

트빌리시를 방문하시는 분들은 이 베를린 장벽의 파편을 꼭 보시라!

3. '조지아의 엄니'를 만나다.

2018년 10월 25일(목)

이제 에어리얼 트램웨이(Aerial Tramway)에서 케이블카를 타고 트빌리시 시가지를 굽어보며 산위 나리칼라 요새(Narikala Fortress)로 올라간다.

나리칼라 요새는 4세기 중반에 페르시아인들이 방어를 목적으로 므타츠민다 산위에 세워놓은 요새인데, 현재 남아 있는 모습은 8세기 아랍 왕조시대에 완성된 모습이다.

표를 살 필요 없이 그냥 입구에 교통카드를 대면 2.5라리가 저절로 빠져나가면서 문이 열린다.

트빌리시: 나리칼라 요새

조지아의 어머니 상

이 교통카드는 참 편리하다. 일단 입장할 때만 대면 되기 때문에 주내와 함께 입장할 때에는 두 번 대면 된다. 버스나 전철도 마찬가지이다. 그러니 이 카드를 또 하나 살 필요는 없다.

케이블카에서 내려 일단 오른쪽으로 걸어가며 구경을 한다.

거리의 악사들이 연주를 한다.

조금 가다보면 카르틀리스 데다(Kartli's Deda)라고 부르는 '조지아의 어머니 상'이 보인다.

카르틀리는 중세시대 조지아인의 민족적, 정치적 통합을 이끈 조지아 동부에 사는 부족 이름에서 나온 말로서 일반적으로 조지아인을 가리키는 말이고, 데다는 어머니라는 뜻이란다. 곧, '조지아 민족의 어머니'라는 뜻이다.

건국 1500년을 기념하여 20m 높이의 알루미늄으로 만든 이 동상은

트빌리시: 나리칼라 요새

한 손에 칼을 한 손에 포도주를 들고 트빌리시를 지키고 있다.

포도주는 친구에게 따라주기 위한 것이고, 검은 적을 물리치고 조지아를 보호하기 위해 들고 있는 것이란다.

'조지아의 엄니'를 만났으니 이제 본격적으로 요새 구경을 할 차례이다.

되돌아 요새로 간다.

이 요새는 4세기에 세워진 건축물이지만 지진에 의해 많이 부서지고 지금은 일부만 남아 있다.

또한 요새 옆으로 난 길은 조심조심하여 걸어야 한다. 위험 표지도 없고 비가 촉촉이 내려 땅이 미끄럽기 때문이다.

저 밑은 낭떠러지이지만, 보험을 들어놓았다 해도 다치면 내 손해다. 조심해야 한다.

3. '조지아의 엄니'를 만나다.

요새에서 내려다보는 트빌리시의 전경이 근사하다.

오른편으로는 굽이쳐 흐르는 강과 절벽 위의 메테키 교회가 보이고, 저 멀리 성 삼위일체 성당이 보인다.

왼편으로 시선을 돌리면, 굽이치는 강과 자유의 다리, 나팔관 모양의 극장과 대통령 궁 따위가 펼쳐진다.

눈을 돌려 요새 너머 반대편인 식물원 쪽을 보면 요새 밑으로 단풍이 잘 펼쳐져 있다.

이제 밑으로 내려간다.

올라 올 때는 케이블카를 타며 시내를 조망했으니, 내려갈 때는 걸으며 골목골목을 구경해야 한다. 여기에는 성 조지 아르메니안 성당(Saint George Armenian Cathedral) 등 구경거리가 많다.

그러나 뭔가를 먹어야 한다.

나리칼라 요새에서 본 전망

나리칼라 요새에서 본 전망

나리칼라 요새에서 본 식물원 쪽 전망

3. '조지아의 엄니'를 만나다.

아무리 구경거리가 좋아도, 배부르지 않으면 좋게 보이지 않는다.

복작복작한 골목을 지나면서 먹을 곳을 찾는다.

식당은 많다. 그렇지만 맛있는 곳을 찾아야 한다. 그렇지만 어디가 맛있는 곳인지를 모른다는 것이 문제는 문제이다.

이곳저곳 기웃거려봐야 네 사람의 의견이 일치할 리 만무다. 이런 땐 리더가 결단을 내려야 한다.

광야에서 헤매는 군중들을 젖과 꿀이 흐르는 곳으로 인도해야 하는 것이 지도자의 사명이다.

결단의 시간이 왔다.

이 나라 전통무용을 공연하는 식당임을 짐작할 수 있는 이름이 카페 띠어터(Cafe Theater)인 곳으로 들어간다.

그런데 손님이 없다.

아이쿠, 잘못 들어왔나?

그렇지만 다시 나가면 리더로서의 체면이 말이 아니다. 그리고 또 헤맬 것이다. 그럼 불평과 짜증이 폭발할 위험이 있다.

메뉴를 보며 음식을 시킨다.

전통무용을 공연하는 곳이라서 그런지 음식값은 조금 비싸다.

전통무용은 저녁 8시에나 한다고 한다.

그런대로 음식은 맛이 있다. 쪼께 비싸서 그렇지~.

4. 트빌리시의 역사가 살아 숨 쉬는 길

2018년 10월 25일(목)

늦은 점심을 먹고 이제 다시 거리를 활보할 시간이다.

골목을 빠져나와 오른쪽으로 길을 잡는다. 아까 올라간 요새 뒤편 골짜기 쪽이다.

조금 가니 고고학 민속 박물관(Archeological-Ethnographic Museum)이 나온다.

나리칼라 요새 뒤편 골짜기

고고학 민속박물관

트빌리시의 역사가 살아 숨 쉬는 길

길옆에서도 옛날 포도주를 담았던 크베브리(Qvevri)라는 항아리와 수레바퀴 따위가 놓여 있는 정원이 들여다보인다.

박물관을 지나 오른쪽으로 계속 이 길을 따라 가면 폭포가 나온다.

폭포에서 흘러내린 냇물 양쪽으로는 아치형으로 구멍이 난 붉은 벽돌로 된 옛 둑이 나오고, 그 둑 위에는 도로와 함께 집들이 지어져 있다.

내를 따라 오른쪽 길로는 모자이크를 한 눈에 띄는 건물이 하나 있는데, 트빌리시 센트럴 모스크(Tbilisi Central Mosque)이다.

옛 성벽의 잔해도 보이고, 붉은 벽돌로 지은 옛 건물들도 눈에 띈다.

오른쪽을 올려다보면 주택 너머 절벽 위의 나리칼라 요새가 내려다보고 있다.

이 길은 트빌리시의 역사가 살아 숨 쉬는 길이다.

내를 따라 안으로 들어가다 보면, 왼쪽에는 둥근 돔 지붕을 한 거대한 옛 건물이 나오는데, 유황과 미네랄 성분이 풍부한 온천수를 사용하는 옛 목욕탕이다.

앞에서 이야기한, 고르가살리 왕이 발견한 온천수를 사용한 목욕탕들이다.

이 목욕탕들은 돔 모양의 지붕을 인 이슬람풍으로 지은 것으로 터키식 사우나를 즐길 수 있는 곳이다.

돔 모양의 지붕은 대개 18세기에 지은 것인데, 환기구로서 기능한다.

이곳을 방문한 알렉산디 듀마는 "에이잉~. 왜 파리에는 트빌리시 같은 온천이 없는고!"라며 탄식했다고 한다.

목욕탕

4. 트빌리시의 역사가 살아 숨 쉬는 길

또한 러시아 시인 푸시킨도 여기에서 온천을 즐기고 갔다는 설이 있다. 이를 증명하듯 한 온천의 간판에는 '내 살아생전 이보다 더 좋은 온천은 없다.'는 글귀와 푸시킨의 서명이 새겨져 있다.

정말인지는 모르겠다만…….

아마도 푸쉬킨이 온양온천이나 유성온천에 와 봤다면, 이 글귀가 여기에 남아 있지 않고 온양온천이나 유성온천에 달려 있을지도 모른다.

듀마 역시 온양온천이나 유성온천에 와 봤다면, 왜 파리에는 온양온천이나 유성온천 같은 곳이 없는고!"라고 한탄했을 거다.

안타까운지고!

한마디 해주고 싶다.

"니가 아는 것이 이 세상의 다가 아니야!"

사람들은 자기가 보고 느끼고 겪은 것만 안다는 한계를 지니고 살아간다. 이게 그 사람의 우주이고, 그 사람은 그 속에서만 산다.

그래서 여행이 필요한 거다.

헤세가 말하는 아프라삭스의 알을 깨고 나오려면!

이 목욕탕은 지금도 목욕탕으로 사용하고 있다. 가격은 보통 50라리(25,000원)로 꽤 비싼 편이다.

그런데 이 가격은 나중에 알고 보니 방 하나 가격이라고 한다.

냇물 따라 계속 가면 자물쇠 다리가 나온다.

내를 가로지르는 다리에는 황금색 자물쇠들이 많이 채워져 있다.

아마도 누군가가 사랑의 약속을 하고 자물쇠를 채워놓으면 그 사랑 영원할 것이라는 루머를 퍼뜨렸음에 틀림없다.

자물쇠 다리 유황 폭포

어쩌면 요 부근에서 장사하는 자물쇠 장수가 기획한 일인지도 모른다.

이런 루머에 속아 많은 연인들이 사랑의 맹세를 하고 이렇게 자물쇠를 잠가 놓았을 것이다.

오른쪽 절벽 위에는 기둥을 절벽에 기댄 채 그 위에 집을 지어 놓은 것이 눈에 띈다.

아마도 손자 녀석들이 없는 집일 것이다. 저 베란다에서 콩콩 뛰면 그냥 무너질 테니…….

4. 트빌리시의 역사가 살아 숨 쉬는 길

요 자물쇠 다리에서 조금만 가면 40m 높이의 유황 폭포(Sulphur Fall)다.

썩 볼만한 폭포는 아니지만, 트빌리시의 역사가 숨 쉬는 이 옛 거리에서 얼마 안 가면 이런 폭포가 나온다는 것이 중요하다.

5. 모르면 묻는 게 최고다!

2018년 10월 25일(목)

다시 냇물을 따라 돌아 나와 자유의 광장(Liberty Square)으로 간다.

이 광장은 1989년 옛 소련군이 트빌리시에서 일어난 평화적 시위를 무력으로 진압 해산시킨 곳이기도 하고, 2003년 부정부패와 선거부정에 항의하기 위해 (촛불 대신) 장미를 한 송이씩 들고 평화적인 시위를 벌인 곳이기도 하다.

자유의 광장 렌닌 동상이 있던 자리에는 2003년의 장미혁명(조지아의 부패정권인 세바르드나제 정권을 무너뜨린 무혈혁명)을 기념하기 위해 높

자유의 광장 야경

자유의 광장 야경

이 35m의 자유기념비가 있는데, 이 기념비 꼭대기에는 조지아 수호성인 게오르기우스(St. George: 영어로는 세인트 조지) 씨가 말을 타고 용을 물리치는 황금 동상이 세워져 있다.:

자유의 광장으로 가는 길엔 렌트카 하라고 붙잡는 사람들이 많기도 하다.

흥정을 한다.

200라리(약 100,000원)에 카헤티(Kakheti), 시그나기(Sighnaghi), 그레미(Gremi), 크바렐리(Kvareli) 등을 돌아오는 투어를 내일 아침 호텔 앞에서 출발할 것을 약속한다.

스탈린이 공부한 시오니 대성당(Sioni Cathedral)을 지나 자유의 광장(Liberty Square) 로터리를 한 바퀴 돌아 나오니 이제 밤이 되었다.

도심의 야경이 근사하다.

아무래도 저녁을 먹어야 하겠기에 리버티 광장에 있는 가게에 들어가 맛집을 물어본다.

모르면 묻는 게 최고다!

아무래도 이왕 먹는 거 맛있게 먹어야 하지 않겠는가!

그래서 친절하게 안내받은 곳이 이 로터리에 있는 마짜켈라(Machakhela)라는 식당이다.

이 식당은 현지인들에게 인기 있는 유명한 식당이라고 한다. 싸고 맛있고! 그리고 체인점이어서 여기 말고도 다른 곳에도 있지만, 맛은 그 명성에 걸맞게 비슷하다고 한다. 곧 맛은 보장한단다.

들어가서 저녁을 먹는다.

자유의 광장: 연주

5. 모르면 묻는 게 최고다!

바라타쉬빌 다리: 벽화

조지아 전통 음식을 파는 곳인데, 음식이 맛있고, 대체적으로 그렇게 비싸지는 않다. 좋은 식당이다.

저녁을 먹고 나오니 거리의 악사들이 연주를 하고 있다.

많은 사람들이 둘러싸고 이를 구경하고 있다.

주내와 초롱 씨도 여기에선 빠지지 않는다. 비집고 들어가 나올 생각을 않는다.

난 피곤하고 시끄러워 죽겠는데…….

구경하는 주내와 초롱 씨를 재촉하여 호텔까지 걸어간다.

트빌리시 성벽 유적(Tbilisi Wall Ruins)을 따라 내려가다가 디오니수스 와인 스토어(Dionysus Wine Store)에서 조지아 산 7년 묵은 브랜디를 한 병 14라리(약 9,000원) 주고 산다.

참 싸다.

정말 좋은 나라이다. 음식도 싸고, 술도 싸고, 교통비도 싸고, 기후도 좋고, 경치도 좋고, 인심도 좋고.

그리고 길을 따라 죽 걸으면 바라타쉬빌 다리(Baratashivil Bridge)이다.

이 다리는 다리 밑의 지하 통로로 되어 있는데, 어두컴컴하긴 하지만 벽에는 재미있는 그림들이 그려져 있다.

다리를 건너 호텔로 돌아온다.

오늘 많이도 걸었다.

그렇지만, 다리 건너기 전 스탈린 엄마의 묘가 있다는 안지스카티 성당(Anchiskhati Basilica)을 보고 왔어야 하는 건데…….

5. 모르면 묻는 게 최고다!

6. 왜 이런 생각을 하누?

2018년 10월 26일(금)

밤새 비바람이 몰아치더니 아침에도 비가 부슬부슬 내린다.

아침 9시 반에 대절한 차를 타고 오늘의 여행지로 출발한다.

차가 너무 막힌다.

운전기사 이름은 '이미터'이다. 일 미터가 아니고 이미터! 외우기는 좋다.

10시에 시내를 벗어난다. 기름값은 리터 당 2.6라리, 약 1,300원이다.

길은 좋다. 양쪽의 가로수로 심어 놓은 나무들이 단풍이 들어 환상적이다.

이미터는 가면서 한국 노래를 튼다.

"강남 스타일 아나?"

"예."

"누가 '강남 스타~일! 불렀는지도 아나?"

"싸이요."

싸이는 국제적 인물이다. 나보다 더 유명하다.

"코리안 드라마 주몽도 많이 봤어요."

우린 안 봤는디…….

가면서 눈이 호사한다. 단풍이 정말 좋다.

MAPS.ME 앱으로 지도를 보면서 현재 이 차가 어디로 가는지를 확인하며 단풍을 구경한다.

차는 s5 도로를 따라 동쪽으로 가다가 a38번을 만나 북쪽으로 달린다.

비는 계속 내린다.

해발 1,300미터부터 비구름 속으로 들어간다. 안개 속이다.

사진을 찍어야 아무것도 안 나온다.

빗속의 단풍 구경도 괜찮다.

완전 우중 관광이다.

그렇지만 이것도 운치가 있다. 차속에서 비 맞지 않고 바깥의 비 맞는 단풍을 감상해 보시라! 저절로 행복해진다.

10시 반쯤 저 앞으로 요새가 보인다. 우자르마 요새(Ujarma Fortress)이다.

우자르마 요새 부근 풍경

6. 왜 이런 생각을 하누?

우자르마 요새

마침 비가 뜸하여 내려서 얼른 사진을 찍고는 다시 차에 올라탄다.

이 요새 역시 성곽과 조그만 성당이 반쯤 무너져 내린 성벽에 둘러싸여 있다고 한다.

그러나 요새에 오르면, 사방으로 펼쳐진 전망이 매우 좋을 것이다. 또한 그 안에 있는 작은 교회도 볼 수가 있고.

그렇지만 비를 맞아가며 요새에 오를 만큼 특별한 건 없다는 이미터의 말에 요새에 오르지는 않고 그냥 차를 탄다.

허긴 오늘 가야할 곳이 많으니…….

가다보니 돼지들이 길가 낙엽 위에서 무엇인가를 찾고 있다.

여기선 돼지들도 방목을 한다.

'행복한 돼지들이다.'

오래된 슈아므타 수도원 앞 나무들

'요놈들은 맛도 있을 거다.'

행복한 돼지를 보고 왜 이런 생각을 하누? 참 못 말린다. 수도원 탐방을 하면서도 아직 수양이 덜 된 거다. 에잉~.

해발 2,000m가 넘는 곰보리 재(Gombori Pass)를 지나 조지아의 왕비가 만들었다는 오래 된 수도원인 드즈벨리 슈아므타 수도원(Dzveli Shuamta Monastery)으로 간다.

11시 30분, 단풍든 나무들이 비를 맞아 깨끗하고 선명하다.

한국에 있었으면, 아마 내장산 단풍 보러 갔을 텐데…….

내장산 단풍만은 어림없겠지만, 비온 뒤의 청량함 속에 이곳의 노란 단풍 역시 그런대로 볼 만하다.

슈아므타 수도원은 두 개 있다. 곧, 오래 된 수도원인 드즈벨리 슈아므타 수도원(Dzveli Shuamta Monastery) 이외에도 아크할리 슈아므타 수도원(Akhali Shuamta Monastery)이라 부르는 새 슈아므타 수도원(new Shuamta Monastery)이다.

오래된 슈아므타는 새 슈아므타를 지나 한참 산속으로 들어간다.

오래된 슈아므타 수도원의 문으로 들어서면 저 멀리 수도원의 붉은 건물이 보인다.

오른쪽 밭에는 포도주를 담던 항아리들이 일렬로 놓여 있다.

수도원을 포함한 경치가 정말 좋다.

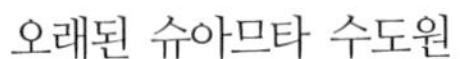

오래된 슈아므타 수도원

새 슈아므타 수도원

오래된 슈아므타 수도원

이미터는 신실한 정교회 신자인 모양이다. 차를 세워놓고 우리를 따라 수도원으로 들어가 촛불을 밝힌 뒤 정성스럽게 기도한다.

더불어 우리도 경건해진다.

오래된 슈아므타 수도원에서 나와 이제 새 슈아므타 수도원으로 간다.

새 슈아므타 수도원도 정갈하게 잘 지어 놓았다.

수도원 내부는 아마추어의 눈으로 볼 때, 대부분의 성당 내부와 비슷하다. 가운데는 미사를 올리는 제대 비슷한 게 있고 그 뒤는 문이 있어 방을 이루고 있고 주변엔 아이콘, 성화 등으로 장식되어 있다.

6. 왜 이런 생각을 하누?

7. 오래 살면 존경을 받는다.

2018년 10월 26일(금)

다시 길을 나서 텔라비(Telavi)로 간다.

텔라비는 알라자니(Alazani) 강이 흐르는 계곡의 서쪽에 위치하는데 인구 2만여 명의 도시인데, 동서를 잇는 고대 실크로드의 길목이어서 옛날부터 번성했던 도시로서 12세기부터 18세기까지 카헤티 왕국과 카르틀리-카헤티 왕국의 수도였던 곳이다.

텔라비에 도착한 것은 12시 5분. 시내에 있는 텔라비 요새부터 본다.

요새는 긴 벽으로 둘러싸여 있는데, 안으로 들어가면 벽을 항아리로 장식한 현대식 박물관이 있다. 텔라비 역사박물관이다.

텔라비 요새: 성문

텔라비 요새: 성벽

텔라비 요새 안의 역사박물관

7. 오래 살면 존경을 받는다.

텔라비 역사박물관 벽

입장료는 어른 5라리(약 2,300원), 어린이 1라리(약 450원)이다.

이 요새는 길게 둘러쳐진 성벽과 역사박물관 이외에 특별히 볼 것은 없다

역사박물관의 벽은 항아리로 장식되어 있다.

아마도 포도주 만드는 질항아리 크베브리를 상징하는 듯한데, 역시 포도주의 종주국답다.

사실 이 카헤티 지역에서 포도를 재배하고 포도주를 담근 것은 조지아 정교회역사보다 더 오래된 것이니까. 그리고 포도주를 조상의 피라고 생각하는 사람들이니까. 포도주를 담는 질항아리를 이렇게 장식용으로 사용하는 것도 전혀 무리는 아니다.

실제로 조지아인들은 사람이 죽으면 그 시신을 포도나무 밑에 묻는

다고 한다.

허긴 이 지역은 포도나무 천지니까 어디에 묻어도 포도나무 밑에 묻었다고 할 수 있을 거다.

어찌되었든 그래서 포도주를 조상의 피라고 여기는 모양이다.

이 요새의 역사박물관 뒤쪽 성벽 너머에는 '주인(임금님)의 요새(fortress of master)라는 뜻의 바토니스 치케(Batonis Tsikhe)가 있다.

바토니스 치케는 리틀 카헤티안(Little Kakhetian)이라고 불리던 에레클 2세의 성(Castle of King Erekle II: 이라클리 2세 Irakly II라고도 함)이다.

17-18세기 카헤티 지방을 다스리던 왕실의 거주지로 쓰인 이 성 안에는 궁전과 목욕탕 등이 복원되어 있다.

박물관 밖: 에레클 2세 동상

7. 오래 살면 존경을 받는다.

텔라비: 거목

이 궁전은 에레클 2세가 살던 거실과 침실, 그리고 이 임금님의 검과 왕좌 등을 볼 수 있는 박물관으로 개방되어 있다.

이 궁전 밖에는 십자가 형태의 검을 치켜 세우고 말을 탄 에레클 2세의 동상이 있다.

에레클 2세는 18세기 분열되었던 조지아를 통합하여 카르틀리-카헤티 왕국을 건설한 왕이다.

현재의 조지아인들을 정치적으로나 민족적으로 통합시킨 왕인 셈이다.

여길 지나 1분만 달리면 골목 안에 '짜디'라고 부르는 900살 먹은 거목이 있다.

이 나무는 이 동네의 터줏대감이다.

나무든 동물이든 사람이든 오래 살면 존경을 받는다.

이건 지가 잘나서 그런 게 아니다. 세월의 힘이다.

이 글을 읽으시는 분들 역시 오래 살아 존경을 받으시길!

이 거목을 보고는 다시 출발한다.

7. 오래 살면 존경을 받는다.

8. 이쪽 방향이 아닌데…….

2018년 10월 26일(금)

알라베르디 수도원(Alaverdi Monastery)으로 가는 줄 알았는데, 지도를 보니 방향이 다른 거였다.

'이쪽 방향이 아닌데…….' 싶어 이미터에게 물어본다.

"알라베르디 수도원(Alaverdi Monastery)으로 가는 게 아닌가?"

"여기 갔다 갈 거예요."

그러면서 한 30분쯤 달리니, 언덕 위에 조그마한 성 같은 그레미

그레미 교회

그레미 교회

교회(Gremi Church)가 보인다.

그림 같은 풍경이다.

그레미 교회로 가 주차장에 차를 세운다.

그레미는 17세기 중반 텔라비로 수도를 옮기기 전까지 카르틀리-카헤티 왕국의 첫 번째 수도였다.

1565년 키헤티 지역의 왕 리반이 지었다는 그레미 교회는 자그마한 언덕 위에 있어 멀리서 보아도 그 풍경이 참 좋다.

주차장에는 물과 음료수, 그리고 흙으로 만든 자그마한 기념품들이 비를 맞고 있는데, 정작 주인은 보이지 않는다.

언덕을 올라 교회로 들어가 구경을 한다.

역시 교회 안은 다 비슷하다.

그레미 교회의 벽화

8. 이쪽 방향이 아닌데…….

그레미 교회: 주차장

단지 성당 벽의 벽화들이 오래 되어 색이 바라고 벗겨지고 그러면서 이 교회의 역사를 말해주는 듯싶다.

한편 저쪽 편은 구름에 가린 코카가스 산맥이 뻗어 있고 집들이 옹기종기 모여 있는데, 이 풍경 또한 일품이다.

교회 안에는 박물관이 있는데, 요금을 내면 성체의 탑 위에 올라갈 수 있다고 한다.

물론 올라가보면 카헤티 평원과 저 멀리 설산들이 보여주는 전망이 좋겠지만, 굳이 올라가지 않고 여기에서 보는 것도 좋은 전망이다.

그레미 교회에서 내려와 주차장으로 간다.

다시 차가 달리는데 가는 방향은 알라베르디 수도원 쪽이 전혀 아니다.

이미터에게

“알라베르디는 안 가느냐? 방향이 이쪽이 아닌데…….”

“거기는 못 가유. 시간이 없어서.”

“원래 계약에는 알라베르디도 들어 있잖니?”

“여기서 너무 멀어유. 그래서 안 되어유.”

어쩐지 텔라비 보기 전에 알라베르디부터 갔다 와야 했다. 지도만 봐도 방향을 알 수 있는데…….

요 녀석, 기름값도 많이 들고, 시간도 없으니 알라베르디는 빼먹을 요량인 거다.

여기서 알라베르디로 안 가면 점점 더 멀어지는 거다.

그냥 대충 보기만 하면 되는데 싫어,

그레미 교회 동쪽: 코카사스의 산과 집들

8. 이쪽 방향이 아닌데…….

“알라베르디 수도원부터 가자. 시간이 없어 나중에 못 보는 건 할 수 없지만, 차례로 보아야지.”

이미터는 할 수 없이 다시 텔라비 쪽으로 차를 돌린다.

그러면서 계속

“시간이 안 되는디유~. 안 되는디…….”

라고 투덜거린다.

지도상으로 거리를 재보니 알라베르디까지 갔다 오려면 적어도 한 시간 반 정도는 더 걸릴 것 같다.

그러면 이미터 말대로 오늘의 하이라이트인 시그나기에는 밤에 도착할 듯싶기도 하다.

진즉에 알라베르디-텔라비-그레미로 왔으면 될 것을 알라베르디를 빼먹고 그냥 그레미까지 오는 바람에 되돌아가느라고 1시간 반 이상 시간을 손해 본 것이다.

결국 알라베르디 수도원은 포기하는 것이 현명한 듯싶다.

“이미터, 차를 돌려 그냥 네크레시 수도원(Nekresi Monastery)으로 가자.”

조지아에서 가장 큰 대성당 중 하나로 알려진 알라베르디 수도원을 보지 못한 것이 아쉽기는 하지만, 어쩌겠나, 현재 시점에서 최선의 결정을 내려야지.

9. 열 명을 채워야 간다고?

2018년 10월 26일(금)

다시 차를 돌려 그레미 교회를 지나 네크레시 수도원(Nekresi Monastery)으로 간다.

네크레시 수도원에 도착한 것은 1시 45분경이다.

주차장에 차를 대 놓고, 네크레시 수도원까지는 이수도원에서 운영하는 버스를 타고 올라가야 한다.

버스비는 일인당 1.5라리인데, 10명이 되어야 간단다.

현재 6명이다.

기다려보지만, 아무도 안 온다.

네크레시 수도원 올라가기 전의 교회

이 빗속에 누가 오겠나? 언제 10명을 채우나?

버스표 파는 곳에 가서 그냥 가자는데, 막무가내다. 10명이 되어야 간다는 말만 되풀이한다.

이러다간 하루가 다 가겠다 싶다. 갈 곳도 많은데, 여기서 시간을 끌 수는 없지 않은가?

할 수 없이 일인당 1라리씩 더 내고 가는 수밖에 없다. 에이~

네크레시 수도원

6명이 1라리씩 더 내고 4명 표를 끊는다.

그리곤 외친다.

"버스야, 가즈아!"

버스는 출발한다.

그렇지만, 괜히 억울한 생각이 드는 것은 왜일까?

산길을 올라 버스는 수도원 주차장에 차를 댄다.

수도원으로 걸어 올라가 이 방 저 방을 구경한다.

수도원 교회의 부속 건물로 들어가 보니 옆에는 말 구유 같은 것이 돌로 되어 있고, 바닥에 커다란 구멍들이 숭숭 뚫려 있다.

아하! 이 구유 같은 돌확은 포도를 넣어놓고 발로 짓밟는 용도로 쓰이는 것이고, 구멍 뚫린 여기는 포도주 항아리 크베브리(Qvevri)를 묻어 놓은 곳이구나!

수도원의 수도승들은 포도를 재배하고 그 포도로 포도주를 만들어

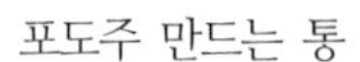

포도주 만드는 통

포도주 항아리 묻어 놓은 곳

9. 열 명을 채워야 간다고?

네크레시 수도원

팔기도 한 모양이다. 물론, 마시기도 했겠지~.

교회 안은 다른 교회와 비슷하다. 성화로 장식된 벽, 옛 벽화들, 그리고 설교단 등이 있다.

교회 안에서 낸 옆문을 따라 들어가 보니, 해골과 뼈들이 긴 나무상자 안에 가득 놓여 있다.

상자 안에는 뭐라 뭐라 쓰여 있는 안내판이 있으나 문맹자라서 읽지는 못하고, 그냥 좋은 머리로 추정해본다,

'아마도 여기에서 수도하다 가신 분들을 이렇게 모시는갑다.'

이것이 삶의 진실인가?

죽으면 인간의 존엄성은 죽음과 함께 사라지는 것일까? 사라지는 것이어야 하는가?

사람이 자연의 일부인즉, 죽으면 고이 자연으로 돌아가야 하지 않을

까?

저 유골들이 우리에게 삶과 죽음의 화두를 던져주며 진지하게 생각해서 '살아 있을 때 잘 살아라! 죽으면 별거 없다. 이렇게 되니라.'라는 교훈을 주기 위한 것이라 하더라도, 저분들의 유골을 저런 식으로 전시하는 것이 과연 옳은 일일까? 저분들이 원하는 바였을까?

죽으면 육체는 물질에 불과한 것인가?

그렇다면, 이는 참으로 인간의 존엄성을 무시하는 유물론적 사고 아닌가?

이런 저런 상념들을 뒤로하면서 저 분들의 명복을 빈다.

밖으로 나오니 정원에도 몇 개의 큰 구멍들이 나 있다. 역시 포도주 항아리를 묻어 모셔 놓은 곳이다.

대충 훑어봤으니, 이제 내려가야 한다.

헌데~. 다시 셔틀버스가 오려면 10명을 채워야 올 텐데…….

얼마 기다리지 않아 셔틀버스가 온다. 다행이다.

내리는 사람들을 보니 역시 몇 명 안 된다.

물어보니 이들 역시 10명 값을 노나 내고 올라왔다고 한다.

기막힌 상술이다.

비오는 데 여기까지 왔다 그냥 갈 수는 없고 10명을 채워야 버스가 움직인다니 울며 겨자 먹기로 10명분 차비를 공손히 바치고 올라온 것이다.

이 분들에게는 좀 안 되었지만, 우리로서는 참 다행이다 싶다.

이분들이 안 올라 왔으면, 우리는 여기에 묶일 번하지 않았나!

9. 열 명을 채워야 간다고?

10. 내가 싼 체질이라서 그런가?

2018년 10월 26일(금)

다시 우리 차를 타고 스노차칼리 강 계곡에 둘러 싸여 있는 크바렐리(Kvareli)의 와인 시음장으로 간다.

조지아에는 카헤티 카르틀리, 이메레티, 라차-레츠후미, 흑해연안 등에서 와인이 생산되는데, 이 가운데 카헤티가 최대 생산지이며 이름난 술도가(와이너리)가 많다.

카헤티의 조그만 도시인 크바렐리에 있는 와인 시음장은 우리 기사가 안내해준 곳이다.

이 시음장에서 와인 만드는 공정을 구경하고, 그리고는 시음에 들어

크바렐리 포도주 시음장

간다.

시음은 무조건 오케이다.

뇌졸중 때문에 하루 2잔으로 술 양을 줄인 것이 안타깝지만, 이것저것 따라 주는 대로 조금씩조금씩 2잔 분량이 될 때까지 나누어 맛본다.

크바렐리 포도주 시음장

카헤티 지역은 조지아의 대표적인 와인 생산지이다. 이곳에서 재배한 포도만 해도 565종이나 되고, 조지아 포도주 생산량의 반이 넘는다고 한다.

따라서 이곳엔 술도가(winery)가 많고 무료 시음을 할 수 있는 곳도 많다.

물론 고급 식당에만 납품하는 유명한 와인들도 많다.

포도주 만드는 비법도 있다는데 별거 아니다.

10. 내가 싼 체질이라서 그런가?

크바렐리 양조장: 크베브리 양조법

포도를 압착기에 꾸욱 짜서 크베브리라는 질항아리에 포도즙과 '짜짜'(chacha, 포도껍질, 줄기, 씨)를 모두 담고 밀봉한 후, 5개월에서 6개월 동안 숙성시키면 된다.

이걸 무슨 비법인양 크베브리 주조법이라고 자랑한다. 크베브리라는 질항아리에 넣어 땅 속에서 숙성시키기 때문에 그런 이름이 붙은 것일 뿐이다.

우리 김칫독에서 김치가 익어가는 것과 같은 과정을 거쳐 와인이 숙성되는 것으로 보면 된다.

그렇지만, 이미 기원전 2000년 전부터 으깬 포도를 흙항아리에 넣고 땅에 묻어 발효시키는 이런 주조법이 전승되어 내려온 것이니 그 역사와 전통을 무시할 수는 없을 것이다.

크바렐리 양조장: 현대식 포도주 양조장

그래서인지 이 주조법은 2013년 유네스코 세계문화유산에 등재 되었다.

이제 김치냉장고가 발명되었으니 땅에 묻을 필요 없이 김치냉장고를 이용하여 와인을 주조하는 방법이 나오지 않을까?

그렇다면 우리나라에서 만든 김치냉장고가 잘 팔릴 텐데…….

크베브리 와인은 화이트 와인인데 금빛이 나 '오렌지 와인'이라고도 부른다.

한편, 이 포도주를 증류하면 브랜디가 되는데, 이 사람들은 그냥 보통 꼬냑이라고 한다.

꼬냑은 프랑스 꼬냑 지방에서 나는 브랜디를 말하는 건데, 워낙 유명하니 여기 브랜디도 알기 쉽게 그냥 꼬냑이라고 부른다.

10. 내가 싼 체질이라서 그런가?

그렇지만 브랜디는 아르메니아가 훨씬 유명하다. 곧, 조지아는 포도주, 아르메니아는 꼬냑이 유명하다.

포도주를 증류하여 오크통에 넣어 숙성시킨 브랜디는 알코올 도수가 40도 이상 되는 고급술이다.

반면에 크베브리에서 포도주를 퍼내고 남은 찌꺼기, 곧, 포도 껍질, 줄기, 씨 등을 다시 으깨어 증류한 술은 '짜짜'라는 술이다.

이 술 역시 증류한 술이기에 알콜 도수가 브랜디와 마찬가지로 매우 높다.

다만 술파는 곳에서 보니 짜짜가 보드카 코너에 놓여 있다. 내가 먹어보던 보드카는 분명 아닌디…….

내가 마셔보니 짜짜가 훨씬 풍미롭고, 싸고, 맛있다.

내가 싼 체질이라서 그런가?

11. 술 많이 마시고 짜게 먹는데도 장수국이라니…….

2018년 10월 26일(금)

조지아인들은 '포도주 담그는 일'을 하느님이 부여한 신성한 일로 여긴다.

그냥 가정집에서도 지하의 포도주 저장실은 집안에서 가장 신성한 장소로 취급한다.

그러니 수도원에서도 포도주를 담그는 건 당연하다.

또한 그렇게 만든 포도주를 들고 나와 신부 옷을 입은 채 길거리에서 팔기도 한다.

조지아 정교회와 조지아 말과 함께 가장 조지아다움을 대표하는 것

크바렐리 양조장: 포도주 저장소

트빌리시 고대 고고학박물관: 포도주 담는 질항아리

이 포도주라는 말이 있다.

내가 포도주 시음장에 왔기에 이런 말을 하는 것이 아니다.

포도주를 마신지 8,000년이 넘는 그 긴 역사를 간직한 포도주의 원조인 나라임을 증명할 수 있듯이 이 나라 사람들은 포도주를 즐겨 마신다.

식사 때마다 포도주를 한 병씩 자기 식탁 앞에 놓고 마시며 즐기는 것을 식당에서도 흔히 볼 수 있다. 어쩌면 그 이상일지도 모른다. 내가 본 게 한 병이지, 그것이 두 병째일 수도 있으니까.

조지아의 어느 마켓을 가도 주류 코너가 반 이상을 차지할 정도로 술장사가 잘되는 것을 볼 대, 포도주가 조지아다움을 나타내는 지표라는 말에는 이의가 없을 것이다.

크바렐리 양조장: 포도주 숙성실

조지아인들은 정말 술을 많이 마신다.

"오죽하면 기쁜 날은 26잔, 슬픈 날은 18잔을 마셔야 한다."는 음주 법칙까지 생겨났을까!

조지아에서는 "물에 빠져 죽는 사람보다 술통에 빠져 죽는 사람들이 더 많다."는 속담도 있다는데, 이런 음주 법칙 때문이 아닐까?

조지아들은 "와인 석 잔을 하면 곰이 되고, 그 다음 석 잔을 마시면 황소가 되고, 그 다음 석 잔을 마시면 새가 된다."는 말을 굳게 믿으면서 새가 되려고 매일 노력하는 듯하다.

물론 마시는 것도 신성한 일이니, 경건하게 즐겁게 마셔야 한다.

또한 누구에게나 마음을 열어놓고 조지아 식 술 파티인 수프라(Supra)를 벌리는 곳이 조지아이니 이 얼마나 천국 같은 곳인가!

11. 술 많이 마시고 짜게 먹어도 장수국이라니…….

술 파티에선 술자리를 이끌어나갈 지도자 '타마다'를 뽑는다. 타마다가 하는 가장 중요한 임무는 '건배' 제의이다.

타마다는 밥 먹기 전에 적어도 다섯 번의 건배 제의를 해야 한고 한다.

첫 번째 건배 제의는 이런 포도주를 주신 '주 하느님께 감사를' 표시하는 것이고, 두 번째는 '이 땅의 평화를 위하여', 세 번째는 '성 조지를 위하여', 네 번째는 '마누라를 위하여' 등등 다섯 번의 건배 제의가 있은 후에야 음식에 손을 댈 수 있다고 하니…….

언젠가 하느님이 회의를 하려고 각 나라의 사람들을 불러 모았는데, 조지아 사람이 한참 늦게 지각을 했다고 한다.

"왜 이리 늦었는고?"

하느님이 책망조로 말하자,

"포도주를 마시면서 이 포도주를 주신 주(酒? 主?)님을 어찌 공경해야 할까 토론하다 보니 늦었습니다."

라고 변명을 했다는 일화가 있다.

술 좋아하는 분들은 조지아로 오시라!

비자 면제 협정이 되어 있으니, 일 년 내내 머물면서 코가 비뚤어지게 마셔도 그 누구도 뭐라 하지 않는다.

포도주만 맛있는 게 아니다. 맥주 역시 정말 맛있다. 맥주 종류도 나탁타리, 스비아니, 아르고, 제다제니 등 다양하다.

그러니 맥주 좋아하는 분들도 여기 오면 천국을 경험하실 것이다.

조지아인들은 포도주와 맥주뿐만이 아니다. 짜짜도 많이 마신다.

이들은 더운 여름엔 맥주를, 그리고 추운 겨울엔 짜짜를 마심으로써

크바렐리 양조장: 포도주 담았던 질항아리

더위와 추위를 이겨낼 수 있다고 강력히 주장한다.

그러하지 않으면 생존이 불가하다고!

이런 얘기를 하면,

“그럼 와인은 언제 마시는고?”

요런 질문을 하시는 분들이 꼭 있다. 그런데 이런 질문은 그야말로 우문(愚問)이다.

와인은 늘 마시는 거니까!

안주도 짭짤하니 괜찮은 편이다. 예컨대, 카차푸리((Khachapuri: 치즈를 넣은 피자 비슷한 빵)도 짭짤하여 포도주 안주로 제격이다.

또한 양고기, 소고기, 돼지고기 등을 쇠꼬치에 꿰어 구운 꼬치구이인 므츠바디(Mtsvadi: 러시아 말로는 샤슬릭)도 술안주로서는 아주 훌

륭하다.

이 이외에도 이들의 전통 민속 음식들은 대부분 우리 입맛에 그렇게 어그러지지는 않는다. 좀 짠 거 빼놓고는!

술 많이 마시고, 짜게 먹는데도 이 나라는 세계의 장수국으로 손꼽히고 있다.

이걸 보면 술과 소금이 성인병의 근원이라는 말이 전혀 납득되지 않는다.

왜 그럴까?

공기가 좋은 것은 사실이다. 미세먼지도 없고.

그렇지만 공기만 좋다고 장수국은 아닐 텐데…….

12. 사랑의 도시 시그나기

2018년 10월 26일(금)

크바렐리 와인 시음 투어를 끝내고. 4시 14분 카헤티의 보석이라 할 수 있는 시그나기(Sighnaghi)로 간다.

'피난처'라는 뜻의 시그나기는 700미터 고지에 있는 4km 남짓 되는 성곽으로 둘러싸인 풍광이 매우 아름다운, 인구 3,000여 명의 도시이다.

가는 도중 날이 개기 시작한다.

널리 펼쳐진 카헤티 대초원과 그 너머 구름에 얼굴을 가리는 코카사스의 산들을 찍는다.

시그나기 성문에서 본 성 조지 교회

시그나기 성문 옆 기념비?

5시가 넘어 시그나기로 들어가는 성문 앞에 도착한다.

성문 저쪽으로 시그나기의 교회가 보이는데, 한 폭의 그림이 따로 없다.

성문 옆 돌에는 술 먹고 기타 치며 띵가띵가 노는 모습을 돋을새김하고 색칠해 놓은 비석 비스무레한 기념물이 눈길을 끈다.

참 재미있는 착상이다.

성 안으로 들어가 국립 시그나기 박물관 앞에 차를 세운다.

그리고는 둘러보라고 한다.

세 갈래 갈림길에서 일단 저 높은 곳부터 보자. 언덕을 올라간다. 올라가며 보니 오른쪽으로 옛 성벽이 이어진다.

다시 내려오며 산비탈의 아기자기한 집들을 찍는다. 다시 아까 성문

시그나기: 성 조지 교회와 마을

카헤티 대초원과 코카사스 산맥의 산들

12. 사랑의 도시 시그나기

에서 본 교회 쪽으로 길을 잡는다.

이 교회 이름은 성 조지의 교회(St. George's Church)이다.

1793년에 지은 이 교회는 고대 아이콘과 고대 기독교에 관한 희귀 서적을 소장하고 있다고 한다.

우리 눈에는 이보다도 전통적인 아르메니아 건축 양식으로 지었다는 교회 외관과 원추형 지붕을 인 종루가 더 잘 보인다.

성 조지 교회: 종루

주변의 붉은 지붕을 한 집들과 어울리는 참 아름다운 교회이다.

여기에서 내려다보는 경치는 정말 장관이다.

정말 아름다운 동네이다.

특히 붉은 지붕을 한 집들이 일렬로 줄지어 있고, 그 너머로 카헤티의 초원이 마치 바다같이 느껴지는 경치는 그야

시그나기: 풍광

12. 사랑의 도시 시그나기

말로 압권이다.

다시 차가 있는 국립 시그나기 박물관 앞으로 돌아온다.

박물관은 이미 시간이 늦어 들어갈 수가 없다.

박물관 앞에는 솔로몬 도다쉬빌리(Solomon Dodashvilli)라는 철학자의 동상이 서 있다.

시그나기에서는 '24시간 혼인신고'가 가능하다고 한다. 여기에 있는 관청에서는 하루 24시간 중 어느 시간에도 심지어 새벽에도 결혼증명서를 발급해준다고 한다.

그 과정과 절차도 별로 어렵지 않다. 한 시간 전에 전화나 인터넷을 통해 결혼증명서 발급을 신청해 놓고, 신분증(외국인인 경우 조지아어로 번역하여 공증 받은 여권 서류)과 증인 두 명이 함께 방문하여 평일엔 90

시그나기: 옛 성

시그나기: 마을

라리, 휴일엔 150라리를 수수료로 내면 된다.

그래서 시그나기를 '사랑의 도시'라는 별칭으로 부르기도 한다.

약삭빠른 상인들은 시그나기로의 신혼여행과 결혼을 패키지상품으로 묶어 팔고 있는데, 인기가 제법 높다고 한다.

허긴 경치도 좋고, 와인도 좋고, 결혼도 맘대로 할 수 있으니 인기일 수밖에.

시그나기를 '사랑의 도시'로 부른 데에는 또 다른 전설이 있다.

아주 먼 옛날 시그나기 사람들은 천성이 악하고 못됐기 때문에 온갖 나쁜 짓을 일삼았다고 한다.

하느님이 이를 보다 못해 요놈들에게 벌을 주라고 천사를 내려 보냈다.

마을에 내려온 천사는 하느님 뜻대로 벌을 내리지 않고 자신의 심장을 조각조각 떼어내 집집마다 놓아두었다.

그러자 사람들의 가슴에는 착한 마음이 샘솟듯 솟아나서 나쁜 짓은 하라고 꼬셔도 절대 안 하고 착한 짓만 했다는 것이다.

한편 자신의 심장을 노나 준 천사는 심장이 없으니 돌아가셨지만, 이를 본 하느님이 천사를 부활시켜 주시고 시그나기 사람들을 용서하셨다 한다.

이때부터 시그나기는 '사랑의 도시'로 탈바꿈했다는 전설이다.

13. 성녀의 샘

2018년 10월 26일(금)

다시 차를 타고 시그나기에서 3km 떨어진 보드베 수도원(Bodbe Monastery)으로 간다.

이 수도원은 성녀 니노(Saint Nino)를 기리는 수도원으로 9세기에 지었고, 17세기에 재건축한 것이다.

보드베 수도원

성녀 니노는 괴뢰메에서 태어나 이베리아에서 인내와 사랑, 그리고 기적을 행하신 분이다. 이 분은 꿈에 성모 마리아께서 포도나무 십자가를 주며 조지아에 기독교를 전파하라는 계시를 받아, 4세기 초 아르메니아에서 기독교를 설교하고 조지아에 기독교를 전래한 여성이다.

선녀 니노는 많은 기적을 행했는데 ,그

보드베 수도원의 옛 교회

가운데 하나가 미리안 3세의 왕비를 치료해준 것이라 한다.

치료가 끝나자, 왕이 물었다.

"이 보답을 어찌해야 할꼬? 돈 좀 많이 줄까? 아님, 땅을 줄까?"

성녀 니노는 성녀답게

"예수님과 성모 마리아를 믿으시는 거 이외에 바라는 것은 없습니다."

그래서 미리안 3세와 왕비는 기독교로 개종했고, 조지아인들을 개종시키는 데 앞장섰다고 한다.

한편, 니노가 성모 마리아에게 받은 포도나무 십자가가 유행이 되어 조지아정교회의 십자가는 포도나무 줄기로 만든다고 한다.

보드베 수도원

기독교를 전파한 성녀 니노는 이곳에서 작은 텐트를 치고 조용히 기도하며 살다 죽었다.

당시 기독교 공동체에서는 그녀를 여기에 묻으려고 했지만, 당시 임금이던 미리안 왕이 이를 반대하고 므츠케타로 유해를 옮기려 했다.

그러자 성녀 니노의 시신을 실은 마차를 끄는 소가 돌연 죽어서 움직일 수 없게 되었다 한다. 할 수 없이 사람들을 200명이나 동원하여 수레를 밀었으나 꿈쩍하지 않았다고 한다.

결국 니노가 살고 있던 천막 밑에 묻었고 미리안 3세는 이 무덤 위에 작은 예배당을 지었다고 한다.

따라서 성녀 니노의 무덤은 이 수도원 안에 있고, 이 수도원은 조지아의 주요 성지 중 하나가 되었다.

13. 성녀의 샘

수도원 안으로 들어가 삼나무 숲을 지나면서 보이는 뾰족한 첨탑의 현대식 교회가 있고, 이 교회를 지나면 왼쪽으로는 수도사들이 거처하는 건물이 있고, 저 앞으로는 옛 건물인 묵중한 교회가 있다.

이 수도원은 니노의 샘으로 알려진 성스런 샘물(Holy Spring)로도 유명하다.

이 교회 밑으로 가면 교회 묘지가 나오고, 묘지 옆으로 내려가는 계단 길을 따라 한참, 정말 한참 가면 조그만 건물이 딸린 샘이 나온다.

이곳 사람들은 이 물을 마시거나 이 물로 목욕을 하기 위해 큰 물통을 들고 계단 길을 오르내리는 고행을 마다하지 않는다.

요 조그만 건물이 샤워장인데, 가운이랑 수건을 유료로 빌려준다. 샤워를 하면 물 마시는 것보다 더 효과가 좋다고 한다. 허긴 성스러운 물로 세례를 받는 거나 마찬가지이니…….

이곳을 방문하시는 분들은 샤워를 하시거나, 이 물을 한 모금만 마셔도 무병장수한다고 하니 꼭 마시길 바란다.

다른 수도원과 다른 점은 없어 보인다. 크게 특별하지는 않은데, 이 수도원이 유명해진 것은 성녀 니노 때문이기도 하지만, 이는 조지아인들에게나 그런 것이고, 외국인들에게는 이 장소가 '오지의 마법사'라는 영화를 촬영한 곳이어서라고 한다.

영화를 촬영하면 무조건 유명해진다.

6시, 이제 트빌리시로 향한다. 점심과 저녁도 제대로 못 먹고, 호텔에는 8시에 도착한다.

이미터는 주내와 날 나리칼라 요새 밑의 마짜켈라(Machakhela)로 데려다 준다.

메테키 교회와 나리칼라 요새

나리칼라 요새

13. 성녀의 샘

밤에 올려다보는 메테키 교회와 나리칼라 요새가 어둠의 조명 속에서 조용히 한 폭의 그림을 선사하고 있다.

이 음식점은 가만히 보니 체인점이다. 자유의 광장에 있는 같은 이름의 식당에서 맛있게 먹은 기억이 난다.

주내는 육개장 비슷한 오스트리(11라리)라는 음식을 시키고, 난 도가니와 양을 곤, 이름이 뭐드라, 여하튼 그런 음식(8라리)을 시킨다. 흑맥주(3.5라리)가 덧붙여짐은 물론이다.

세금 등 합해서 총 25.90라리, 약 우리 돈으로 13,000원 정도에 잘 먹고, 슬슬 걸어서 호텔로 돌아온다.

여왕의 궁전을 올려다보며, 호텔로 오는 길은 대통령궁

여왕의 궁전

대통령 궁

대통령 궁 옆 서민들의 집

13. 성녀의 샘

옆을 지나야 한다.

대통령 궁은 밝게 빛나는데, 바로 그 옆에 위치한 서민들의 집은 허름하니 궁상맞다.

14. 동화 속의 성

2018년 10월 27일(토)

아침 11시 카즈베기로 가기 위해 호텔을 나선다.

이 선생과 초롱 씨는 몸이 안 좋다고 호텔에 남아 있겠다 한다.

트빌리시 북쪽으로 150㎞ 정도 떨어져 있는 카즈베기(Kazbegi)에는 프로메테우스 신화가 깃든 해발 5,047미터의 카즈베기 산이 있고, 이 산을 바라보는 해발 2,170미터의 언덕 위에는 게르게티 트리니티 교회(Gergeti Trinity Church)가 있는 곳이다.

프로메테우스와 카즈베기 산의 관계를 조금만 알아보자.

프로메테우스는 제우스 몰래 인간에게 불을 가져다 준 대가로 이곳 카즈베기 산에 갇혀서 평생 독수리에게 간을 쪼아 먹혀야 했다.

아블라바리 전철역

디두베 시외버스 정류장

신이어서 죽지는 않고, 독수리에게 쪼아 먹힌 간은 다시 자라나 그 다음날 다시 독수리에게 쪼아 먹히는 고통에 시달리기를 3,000년이나 했다고 한다.

곧, 3,000년이 지나 헤라클레스가 독수리를 죽이고 쇠사슬을 풀어주어 그제서야 그 고통에서 벗어날 수 있었다는 신화이다.

참고로, 제2의 도시인 쿠타이시에는 프로메테우스가 제우스에게 잡히기 전 숨어 있던 '프로메테우스 동굴'이 있다.

아블라바리(Avlabari) 전철역에서 전철을 타고 디두베(Didube) 전철역에서 내려 디두베 시외버스 정류장으로 간다.

카즈베기 가는 마슈르카는 10라리(약 5,000원)이지만, 택시는 20라리(약 10,000원)이다.

마슈르카는 러시아나 중아아시아에서 흔히 볼 수 있는 봉고차모

진발리 저수지 앞 가게

양의 미니버스를 말한다.

택시에 앉아 있으니, 두세 사람 더 타야 간다며 계속 기다리란다. 허긴 택시 기사도 먹고 살아야 하니…….

아무리 기다려도 손님은 오지 않고, 기사가 우리보고 다른 차를 타란다.

다른 차는 마슈르카 같은 승합차인데, 택시라면서 30라리를 내라고 한다.

"이거 마슈르카 아닌가?"

"택시다. 택시."

"마슈르카랑 똑같이 생겼는데……."

"마슈르카는 카즈베기까지 직접 간다. 그렇지만, 택시는 세 군데 경치 좋은 곳에 들렀다 간다. 그러니 이 차는 택시다."

14. 동화 속의 성

“택시는 20라리면 가는데…….”

“그럼 25라리 내라. 깎아줄게.”

“20라리!”

결국 실갱이 끝에 20라리씩 내고 12시 13분에 출발한다.

참고로 택시는 카즈베기까지 3시간 반 정도 걸리고, 마슈르카는 쉬지 않고 달리기 때문에 2시간 반 걸린다고 한다.

오늘도 점심 굶게 생겼다.

산이 우리나라 산 같다.

1시에 트빌리시에서 약 65km 떨어진 아나누리(Ananuri)의 진발리 저수지(Zhinvali Reservoir)에 차가 멈춘다.

10분간 시간을 준다.

저수지의 물은 짙은 푸른색이고 공기는 맑고 경치는 좋다.

아나누리 성

아나누리 요새

그렇지만 특별한 건 없다. 산정호수는 다른 곳에서도 많이 보았기 때문일 거다.

호수 앞, 바람이 차다.

천막을 친 간이 상점에서는 기념품을 파는데, 훑어봐야 별 거 없다.

10분 후, 다시 차를 타고 8-9분 정도 가니 진발리 저수지 끝자락에 성이 보인다.

아나누리 요새(Ananuri Fortress Complex)인데, 조지아에서 가장 유명한 성 중의 하나이다.

택시 기사는 여기에서 15분 정도 시간을 준다.

이 요새는 1661년~1676년 사이에 트랜스 코카사스의 북쪽 방어를 위해 지은 것이다.

아나누리 성 안에는 두 개의 교회와 망루 등이 있다.

14. 동화 속의 성

진발리 저수지

아나누리 요새 앞 시장

성으로 들어가는 길은 약간 내리막인데, 커다란 망루가 눈앞을 막아선다.

성벽 앞에는 나뭇가지에 복슬복슬한 털모자가 걸려 있고, 쇠사슬로 만든 갑옷을 막대기 위에 걸어 놓았다.

성 안으로 들어가 부서진 망루를 들어가 보고, 프레스코화가 있는 교회로 들어가 본다.

그러나 낡은 프레스코화보다도 성 밖에서 성을 보는 풍경이 훨씬 좋다. 마치 동화 속에 나오는 성 같다.

그리곤 호숫가로 나와 진발리 저수지를 배경으로 사진을 찍는다.

이 요새 앞 정류장 쪽에는 제법 큰 시장이 들어서 있다.

시장을 둘러본다.

성수기가 아니라서 왁자지껄 장이 서는 것은 아니지만, 많은 가게들이 문을 열고 관한광객을 유혹하고 있다

문을 연 가게들은 바람이 차서 그런지 털모자와 털실로 짠 귀마개 모자, 머플러, 그리고 민속인형 등 기념품을 파는 곳이 대부분이고, 가끔 꼬치구이, 카차푸리, 음료수, 꿀 등 먹을 것과 마실 것을 파는 곳이 눈에 띈다.

이 시장 맨 끝에 화장실이 있다. 물론 0.5라리(약 250원)를 내야 한다.

다시 택시를 타고 카즈베기로 향한다.

15. 이런 경치를 어디에서 볼 수 있을까?

2018년 10월 27일(토)

카즈베기로 가는 길은 포장이 잘 된 도로이다.

이 도로는 제정 러시아 시대에 카프카스를 점령하기 위해 낸 군사 도로였지만, 현재는 관광도로와 산업도로로 잘 쓰이고 있다.

비록 산길을 달리는 것이지만, 좌우 경치가 너무 좋다.

한 30여 분쯤 달리자 산의 경치가 바뀌기 시작한다.

오른쪽으로 내가 흐르고, 내 건너편 조금은 쓸쓸한 산 너머로 흰 눈을 인 산들이 보이기 시작한다.

가슴이 뛰기 시작한다.

구다우리 전망대 못 미쳐

구다우리 전망대

바로 코앞의 산도 높은데, 그 뒤의 설산은 얼마나 더 높을까!

고불고불한 길을 좀 더 가다보니 2시 반이 넘었다.

이제 코앞의 오른쪽 산봉우리에 흰 눈이 보인다. 누런 산에 흰 눈의 색깔이 참으로 조화롭다.

조금 더 가, 차를 세운다.

구다우리(Gudauri) 전망대이다.

이 전망대는 2,275미터 고지 위에 설치되어 있는데, 정식 이름은 러시아-조지아 우호기념물(Russia-Georgia Friendship Monument)이다.

이 기념물은 기념탑이라고 하기에도, 기념비라고 하기에도 좀 어색한 건축물인데, 러시아와 그루지아(조지아의 옛 이름) 사이에 1783년에 이루어진 우호조약 체결 200주년을 기념하여 구다우리 계곡 끄트머리

구다우리 전망대: 카즈베기의 산들

에 지은 것이다.

현지인들이 파노라마 전망대라고 부르는 것처럼 여기에선 거대한 산과 깊은 계곡을 파노라마로 볼 수 있다.

운전기사가 차를 세우는 주차장은 성수기가 아닌데도 거의 찼다.

차에서 내리니 그냥 탄성이 나온다. 숨 막히는 아름다움이다. 지금까지 본 경치 중에 제일이다.

산꼭대기의 하얀 눈과 짙푸른 하늘, 그리고 회색이 섞인 흰 구름, 그리고 깊은 계곡! 이들이 어우러져 너무너무 아름답다.

막심 고리키는 "코카사스 산맥의 장엄함과 조지아인의 낭만적인 기질이 방황하던 나를 작가로 만들어놓았다"고 말했다는데, 정말 재능이 있다면 이 경치를 볼 때 저절로 시인이나 화가가 될 거 같다.

15. 이런 경치를 어디에서 볼 수 있을까!

구다우리 전망대: 카즈베기의 산들

구다우리 전망대: 카즈베기의 산들

톨스토이 역시 조지아에서 주둔군 신분으로 근무했다는데, 나중에 조지아를 배경으로 소설을 썼다고 하며, 푸쉬킨도 조지아를 장기간 여행하면서 시를 읊조리고 다녔다 한다.

아! 나에게는 하느님이 소설이나 시를 쓸 수 있는, 아니면 그려낼 수 있는 재능은 안 주셨는지 모르겠다.

뱁새가 어찌 황새의 뜻을 알랴!

그렇지만, 똘똘한 뱁새가 되려면 자신의 한계를 알고 감사할 줄 알아야 한다.

사실 이런 경치를 감상할 수 있는 능력만 해도, 아니 그냥 셔터만 눌러도 작품사진이 나오는 이런 경치를 주신 것만 해도, 그 얼마나 복된 일인가!

15. 이런 경치를 어디에서 볼 수 있을까!

뱁새는 그저 감사할 뿐이다. 너무 너무 감사하다.

파노라마 전망대로 가는 길가엔 털모자, 머플러, 장갑 등을 파는 노점상과 귤, 감, 꿀 등 먹을 것을 파는 노점상들이 줄지어 있다.

이 길을 따라 전망대로 가기 전에도 전망은 좋다.

전망대는 반원형보다는 좀 더 원형에 가깝게 지어놓았는데, 이 건축물 안의 벽은 울긋불긋한 색깔로 벽화가 그려져 있다.

전망대로 향하는데, 꿀을 맛보고 가라고 붙잡는다.

주내는, 꿀은 이미 가지고 있으니 과일이나 팔아주자며, 큰 홍시 하나와 단감을 몇 개 산다.

홍시는 터지니까 반으로 나누어 여기에서 먹는다. 추위 속에 단련된 홍시는 정말 달다. 그리고 배가 부르다.

구다우리 전망대: 카즈베기의 산들

16. 나이가 안타깝다.

2018년 10월 27일(토)

그리고는 전망대로 향한다.

전망대 가기 전에도 계속 셔터를 누른다. 어디를 보고 눌러도 훌륭한 사진이 나온다.

파노라마 전망대에서도 설산을 바라보며 계속 셔터를 누른다. 패러글라이딩을 하는 사람들이 계곡 사이로 내려갔다 올라갔다 하는 모습이 보인다.

저 친구들 정말 복 많은 친구들이다. 여기에서 구경하는 것만 해도 이렇게 아름다운데, 패러글라이딩을 타고 아래로 위로, 이곳에서

구다우리 전망대: 패러글라이딩

구다우리 전망대: 패러글라이딩

구다우리 전망대: 카즈베기의 산들

저곳으로 누비면서 바라보는 경치는 얼마나 다양하고 아름다울까!

이들이야말로 자유인이다.

몇 년만 젊었어도, 나두 자유인이 되어 보는 건데…….

나이가 안타깝다.

프로메테우스의 신화가 서려 있는 카즈베기 산의 고봉들! 정말 이런 경치를 어디에서 볼 수 있을까!

다시 차를 타고 즈바리 고개를 넘어 카즈베기로 향한다.

택시 손님 중 스노(Sno)에 숙박할 손님이 있어 잠시 옆길로 들어서서 스노에 손님을 내려주고 나와서 카즈베기로 향한다.

4시쯤 카즈베기에 도착한다.

카즈베기는 지도에 스테판츠민타(Stepantsminda)로 나와 있는 곳이

구다우리 전망대를 지나 카즈베기 가기 전

다.

스테판츠민다의 '스테판'은 성 스테판(St, Stephan)의 이름이고, 츠민다는 '거룩하다, 성스럽다'는 뜻이니, 이 도시는 '스테판의 거룩한 도시'이다.

예약한 민박집 부이 프샤벨라(V. Pshavela 52A)를 찾아 거룩한 도시를 헤맨다.

아니 헤맬 필요가 없다. 앱에 깔린 지도를 보며 금방 도착한다.

이 민박집은 민박하기 시작한 지 얼마 안 되는 집으로 거실과 방, 그리고 욕실 등이 깨끗하다. 거실에서는 카즈베기 산과 게르게티 삼위일체 성당이 한 눈에 들어온다.

짐을 푼 다음 옷을 껴입고, 다시 나와 늦은 점심인지 이른 저녁인지를 먹는다.

돼지고기 꼬치구이 13라리, 채소 얹은 밥 8라리, 차 3라리, 세금 등 모두 합쳐 26.4라리, 약 12,000원 정도에 잘 먹는다. 꼬치구이가 정말 맛있다!

지금 저 산 위의 게르게티 교회로 오르기는 무리이다.

벌써 석양에 카즈베기 산(5,047미터) 맞은편의 샤이니 산이 붉어진다.

석양을 찍는다.

카즈베기 산은 조지아에서 두 번째 높은 산이라고 한다.

산 위의 게르게티 교회까지는 1-2시간 트레킹을 해야 한다는데, 택시는 50라리(약 24,000원)를 달라고 한다.

구다우리 전망대를 지나 카즈베기 가기 전

16. 나이가 안타깝다.

구다우리 전망대:

카즈베기: 민박집 뒷산(샤이니 산)의 석양

민박집 아저씨는 40라리(약 20,000원)에 가주겠다고 한다.

걷든지 차를 타든지는 내일 일이고, 오늘은 내일 아침거리를 사고 일찍 들어가 자기로 했다.

방은 따뜻하고 아늑하다.

우리 앞방에는 독일 처녀 하나가 들어왔다.

16. 나이가 안타깝다.

17. 에라, 쌤통이다.

2018년 10월 28일(일)

아침에 일어나 요구르트와 빵, 감 등을 먹고 홍차를 마신다.

다리가 불편한 주내는 거실에 나와 5047m의 카즈베기 산과 2170m의 언덕(?)에 위치한 게르게티 교회(Gergeti Trinity Church)를 감상한다.

거실에서 보는 광경 역시 일품이다.

나는 밖으로 나와 일출 사진을 찍는다.

어제 저녁에 본 카즈베기 산과 게르게티 교회는 푸른색이었는데, 오늘 아침에는 해가 떠서 산을 비추는 바람에 카즈베기 산은 붉고 게르게

카즈베기 일출

게르게티 교회와 달

티 교회는 검은 실루엣으로 나타난다.

산 위에 있는 게르게티 교회로 트레킹을 하기 위해 8시 반에 민박집을 나온다.

버스 정류장으로 나오자 산위로 오르는 큰 버스가 있다. 아마 단체로 온 듯하다.

저걸 얻어 타고 가면 좋겠는데…….

그렇지만 아무도 타라는 말을 안 한다. 야속하게!

"나도 타면 안 될까?"

야박하게 거절한다.

나두 존심이 있지,

"걷는다, 걸어!"

17. 에라, 쌤통이다.

게르게티 교회 가는 길

표지판을 보니 게르게티 교회까지 6.4km이다.

산보 삼아, 운동 삼아 올라가자.

그렇지만, 차를 타고 가고 싶다는 게 속마음이다. 자꾸 뒤를 돌아본다.

어떤 차가 오더니 세워준다.

"저 위에 가시나요?"

"예. 감사합니다."

얼른 탄다.

이야기를 나눠 보니 폴란드에서 왔다는데, 왜 혼자냐니까 친구들 넷이서 차를 끌고 왔는데 셋은 아직도 한밤중이란다.

덕분에 편하게 올라가는가 싶었는데, 동네 어귀로 들어서서는 좌우로 갈리는 길에서 어디로 가야 하는지 망설인다.

길은 포장된 도로였으나, 여기부터는 좌우가 모두 움푹움푹 파인 자갈길이다.

마침 사람이 하나 지나가기에 물어보니 더 이상 차가 갈 수 없다고 한다.

허긴 내가 봐도 이런 도로로는 승용차가 갈 수 없을 것 같다.

이 폴란드 친구, 게르게티 성당에 오르는 것을 포기하고 되돌아간단다.

몇 백 미터 안 타고 왔지만 고마운 친구다. 고맙다고 인사하고 내려서 골목길을 걷는다.

골목을 지나고 밭고랑을 지나 가다보니, 큰길이 보인다.

군자는 대로행이라는데…….

다시 큰길로 나와 보니 여긴 포

게르게티 교회 가는 길: 뒤돌아보며

스테판츠민다 마을: 일출 직전

장된 도로이다.

여기에서 이곳 주민을 만나 게르게티 교회로 가는 길이 맞는가 물어보니 맞기는 맞단다. 그러면서 숲 사이로 난 오솔길을 가리키며, 지름길을 가르쳐준다.

지름길로 갈까 큰길로 갈까 하다가 큰길로 가기로 결정한다.

지름길은 숲속으로 난 길인데, 눈이 많아 미끄러질 염려도 있고, 지름길인 만큼 경사가 훨씬 높으니 큰길로 가는 것이 안전할 듯해서다.

큰길을 따라 산 쪽으로 걷는다. 걷고 또 걷고.

그 사이에 차 두 대가 지나간다.

태워달라고 손짓을 했으나, 그냥 지나간다.

천천히 걷다보니 다시 오른쪽으로 돌아가는 길인데, 방금 전 '쌩'하니 달렸던 차가 서 있다.

왜 안 가고 서 있나 했더니 오른쪽 커브 길에 커다란 나무가 쓰러져 있어 차들이 통행을 할 수가 없다.

저 나무를 치워야 이 길을 사용할 수 있는 것이다.

그러니 아까 태워주지 않은 차들이 올라가지 못하고 서 있는 것이다.

결국 이 차들은 되돌아가야 했다.

'에라, 쌤통이다.'

괜히 흐뭇하다. 마치 내가 복수한 듯싶다.

'사실 이런 마음, 먹으면 안 되는데……. 예수님이 원수를 사랑하라 하셨는디…….'

게르게티 교회 가는 길: 카즈베기 산

'허긴 원수는 아니지. 그러니까 사랑할 필요가 있겠냐?'

'그렇지만 원래 네 차도 아니잖니? 쟈들이 너 안 태워줬다고 불행해졌는데 고소해하는 건 네가 죄를 짓는 거 아니야?'

그렇다. 가만히 생각해보니, 태워주건 안 태워주건 그건 지들 차니까 지들 맘인데, 왜 내가 그걸 가지고 나쁜 생각을 해야 하나?

그냥 현 상태에서 저들이 올라가지 못하는 것을 동정해야지 고소해하면 못쓴다.

그러니 이런 때 필요한 말이 '선도, 악도 생각하지 말라.'는 말이다. 딱 맞는 말이다.

내가 왜 이런 거 가지고 신경을 쓰누? 난 내 갈 길을 가면 되지.

게르게티 교회 가는 길: 카즈베기 산

게르게티 교회: 기도소

다시 쓰러진 나무를 피해 걷기 시작한다.

그런데 길이 참 멀기도 하다.

가다보니 아까 아침 햇빛에 벌겋게 되었던 카즈베기 산이 길 저쪽에서 버티고 있다.

빙글빙글 돌아가는 큰길이어서 천천히만 걸으면 크게 힘들지는 않지만, 급한 성격 때문에 빨리 걸으니 금방 숨이 가쁘고 다리가 뻐근하다. 아무래도 오르막길이니 쉬운 길이 아니다.

한참 오르다보니 길에는 다시 왼쪽 숲속으로 가는 길 표시가 있다. 역시 마찬가지로 경사가 급하고 위험할 것이다.

계속 돌아가는 큰 길을 고집한다.

걷고 걷고 또 걷고,

17. 에라, 쌤통이다.

'오르고 또 오르면 못 오를 리 없건마는 …….'이라는 양사언의 말을 본의 아니게 증명한다.

드디어 굽이진 도로를 지나 산자락을 돌아가니 저쪽 언덕 위에 게르게티 교회가 아득하게 보인다.

그렇지만 바람은 엄청 차다. 날아갈 듯하다.

왼편으로는 기도소가 완만한 언덕 위에 보이고, 그 너머로는 민박집 뒷산인 스테판츠민다 마을의 뒷산이 보인다.

일단 기도소부터 가 본다.

그리고 별로 볼 건 없지만 증명사진을 찍는다.

엄청 높은 샤이니 산 바로 아래에 위치한 스테판츠민다 마을이 아득하다.

그리고는 다시 큰 길로 나와 이곳 사람들이 츠민다 사메바 교회라고도 부르는 게르게티 삼위일체 교회 쪽으로 간다.

교회가 있는 언덕 아래에는 차들을 세워 놓은 주차장이 있지만, 차가 몇 대 없다.

아마도 쓰러진 큰 나무 때문에 차들이 올라오지 못한 듯싶다.

18. 독수리가 고기를 묻어둔 곳

2018년 10월 28일(일)

그런데 조금 있으니 차들이 올라오기 시작한다. 아마도 그 큰 나무를 치운 모양이다.

게르게티 삼위일체 교회를 사진에 넣자니 아침이라서 완전 역광이다.

게르게티 교회를 왜 하필이면 해발 2,170미터나 되는 이런데 지었냐구?

물론 여기 올라오는 사람들 고생하라고 여기에 지은 것은 아니다. 여기에 지은 또 다른 이유가 있다.

이 교회는 전쟁이 났을 때 성 니노(Nino)의 십자가와 같은 조지아 정교회의 성물을 이곳에 옮겨 보호하기 위해 14세기에 지은 것으로서

게르게티 교회

게르게티 교회

조지아의 마지막 보루와 같은 곳이며, 조지아의 상징과 같은 곳이다.

페르시아, 몽골, 터키 등 이슬람 국가들이 침략해 올 때면, 조지아인들은 코카사스 산맥 깊숙이 피난을 갈 수밖에 없었는데, 이때 먹을 것보다는 교회의 성물을 먼저 챙겼다고 한다.

가장 조지아다운 것 3개 중의 하나가 조지아정교회라는 것을 볼 때 이는 충분히 이해할 수 있는 일이다.

조지아 정교회는 수많은 외세의 침략 속에서 조지아 민족의 단결과 저항의 중심점이 되어 조지아를 지켜낸 정신적 구심점이다.

실제로 조지아인들은 조상들이 조지아 정교회를 지켜내어 조지아정교를 믿는 국가를 물려주었다는 점에서 나라와 조상들을 자랑스러워한다.

세계에서 가장 오래된 기독교 국가답지 않은가!

조지아인들은 이러한 외세의 침략에도 불구하고 자신들의 종교를 지켜왔지만, 그렇다고 타 종교에 배타적이진 않고 관대하다.

이 교회 터를 잡기 위해 누군가가 기발한 아이디어를 냈다고 한다. 곧, 누군가가 "프로메테우스의 간을 쪼아 먹은 독수리의 후손인 독수리가 고기를 먹고 남은 것을 묻어두는 곳에 교회를 세우자."고 강력하게 주장하였다고 한다.

그래서 찾은 게 여기라 한다. 그러니까 이 교회가 있는 이곳은 독수리가 고기를 묻어둔 곳이다.

그럼 이제 그 독수리는 고기를 어디다 묻냐구?

글씨~, 그건 나두 모르지…….

일단 교회 구경부터 하자.

교회로 오르는 언덕 오른편으로는 사제가 머무는 집이 있고, 언덕

게르게티 교회 맞은 편 스테판츠민다 마을 뒷산: 샤이니 산

게르게티 교회

왼쪽에는 종루와 자그마하고 소박한 교회가 있다.

일단 종루로 들어가 맞은편 문으로 나가면 교회당이 있다.

바람이 차다.

바람을 피해 얼른 교회당으로 들어간다.

들어가면 벽면에 성모 마리아와 아기 예수의 이콘이 낡은 나무 액자 속에 걸려 있고, 그 밑에는 대부분 실과 팔찌 같은 것들이 주욱 걸려 있다.

물론 초록색 염주나 흰색 염주 같은 것도 있지만. 팔찌는 대개 붉은 색 실로 만든 실 팔찌이다.

그 밑에는 동전들이 놓여 있다.

옆 벽에는 나무 의자가 놓여 있어, 일단 인사를 하고 의자에 앉아 찬바람을 피하고 지친 다리를 쉰다.

전쟁시에 성물은 벽과 벽 사이의 공간에 숨겨 놓았다니 아마 이 벽

게르게티 교회

뒤쪽에 숨겨 놓았을 것임이 틀림없다.

그렇지만 언뜻 봐서는 잘 모르겠다. 정말 벽 사이에 숨겨 놓으면 찾을 수 없을 것 같기는 하다.

개가 한 마리 오더니 머리를 굽히고 재롱을 부린다. 너무 외로웠던 모양이다.

주머니에서 사탕을 꺼내 하나는 내 입에 넣고 하나는 개에게 보시를 한다.

고놈, 사탕을 잘도 빨아먹는다.

얼마 안 있자 핑크 옷을 입은 부인이 네댓 살 먹은 아이와 함께 교회당으로 들어온다.

임무 교대!

잠시 후, 밖으로 나와 교회당 주변을 둘러본다.

교회가 서 있는 옆쪽, 그러니까 오던 길에서 보면 교회 뒤쪽은 완전히 벼랑이다.

18. 독수리가 고기를 묻어둔 곳

게르게티 교회와 카즈베기 산

그렇지만 가만히 보니 이 벼랑에도 길이 있다.

밖으로 나와 이 벼랑길로 가본다.

한 사람 다닐 수 있는 오솔길인데, 눈이 있어 위험하긴 하지만, 이쪽 편에서 교회를 올려다보기 위해서, 그리고 이 길로 가면 무엇이 나올까 호기심에서 살살 걷는 것이다.

그렇지만 아차 하는 순간엔?

살살 걸어가 보니 예수님이 조각된 십자가가 카즈베기 산을 배경으로 서 있다.

저 밑으로 내려가는 길이 있기는 하지만 위험은 피하는 것이 상책이다. 되돌아 다시 살살 걸어 주차장으로 나온다.

시간은 10시 반이 넘었다. 주차장에는 이 추운데 많은 차들이 들어와 있다. 그 사이에 많은 차들이 들어온 것이다.

19. 카즈베기는 10월 말에 가시라!

2018년 10월 28일(일)

이제 내려가야 할 시간이다.

다시 온 길을 따라 내려가며 게르게티 사메바 교회를 찍는다. 해는 교회 위로 떠올라 완전 역광이다.

카즈베기 산을 바라보고 가다가 오른쪽 숲 사이로 난 지름길을 택한다. 비록 눈이 쌓여 있으나, 나무로 된 계단이 있고, 그쪽으로 올라오는 청춘남녀에게 물어보니 비교적 안전하다는 대답이어서 이 길로 들어선 것이다.

이 길은 경사가 급하지만, 나무 계단을 살살 밟고 내려가니 생각보

게르게티 교회에서 내려오는 길

다 미끄럽지 않다. 다만 나무숲에 가려 카즈베기 산 등 경치를 볼 수 없다는 것이 단점이다.

공동묘지

다시 큰 길을 만나 큰 길을 조금 따라가니 큰 아스팔트길은 차단기로 막아 놓았다.

그렇다면 저 차들은 어찌 들어 왔는가?

금방 그 이유를 알았는데, 차단기 왼편의 푹푹 파인 임시도로로 차들이 올라오고 있다.

승용차로는 힘들 것 같고 지프차나 사륜 구동차들이 다니는 길이다.

난 그냥 큰 길로 갈까하다가 이번에도 임시도로와 큰길 사이의 지름길을 택해 내려가기 시작한다.

어떤 곳은 위험하긴 하지만, 그런 위험을 극복하고 조심조심 내려간다.

내려가 보니 움막과 공동묘지가 나온다. 그리고 큰 길이 보인다.

스테판츠민다: 버스정류장

이 길이 지그재그 큰길보다 훨씬 가깝긴 하다. 조금 경사가 지고 눈길이어서 약간 위험하긴 하지만.

큰길가엔 마침 자가용 승용차 하나가 올라가려다 멈춘 후 이곳 주민과 이야기하고 있다.

승용차로는 올라갈 수가 없다는 결론을 내린 차 주인은 나보고 버스 정류장으로 가느냐며 태워준다. 감사하다.

덕분에 금방 버스 정류장에 도착했다.

11시 반도 안 되었다.

호텔로 돌아가 주내와 함께 체크아웃한 후, 어제 점심 겸 저녁 먹은 카페 〈스노〉로 가 돼지 꼬치구이(츠와디: 러시알 말로는 샤슬릭) 두 개를 시켜 점심을 먹는다. 어제 먹어 봐서 맛있다는 거 알고 시킨 것이다.

19. 카즈베기는 10월 말에 가시라!

26라리에 세금까지 합하여 28.6라리, 약 13,000원에 잘 먹었다.

트빌리시로 가는 것은 10라리짜리 마슈르카를 타려 했으나, 만원이라 다음 차를 기다리는데, 20라리 택시(미니버스)를 타라고 성화다.

10라리 마슈르카 탈 거라며 버티자, 30라리에 두 사람을 태워주겠다며 흥정해오는 바람에 30라리 주고 미니버스를 탄다.

세 군데 선다더니 구다우리 전망대에만 한 10분 정도 선다.

역시 이곳 경치는 압권이다.

어쩌면 시기가 잘 맞아떨어져서 그럴지는 모르겠다. 10월 말이라서 산 위에 흰 눈이 쌓이고, 맑고 푸른 하늘과 높고 높은 바위산과 흙산봉우리, 그리고 갚은 계곡이 조화를 이루어 절경을 만들어 내는 것이다.

아마 다른 계절엔 다른 그림이 나올 것이다.

구다우리 지나 트빌리시 가는 길

나중에 이곳 경치가 좋다는 말을 현지인에게 했더니, 그 사람 말로는 봄에 오면 야생화도 피고 너무 좋다며 다시 한 번 봄에 와보라고 한다.

그렇지만 구글에서 다른 사람들이 다른 계절에 찍어놓은 사진을 보면 그렇게 썩 좋아보이지는 않는다. 또한 안개가 끼어 제대로 보지 못했다는 후기도 있고.

이걸 보면 우리가 운이 좋은 것이다. 하느님이 이 좋은 경치를 우리에게 보여주신 것이다.

나는 강력하게 권하고 싶다. 카즈베기 가는 것은 10월말에 가시라고!

그냥 트빌리시 디두베 정류장으로 직행한다.

다른 사람들도 크게 이의를 제기하지 않는다.

모르는 사람들은 모르니까 가만히 있고, 아는 사람들은 이곳으로 올 때 이미 아나누리 요새 등을 구경했기 때문이리라.

마침 옆자리에 앉은 젊은이가 한국인 커플이어서 함께 이야기하다 오느라고 지루하진 않다. 허긴 바깥 경치만 봐도 지루함은 없을 것이지만.

다시 전철을 타고 호텔로 돌아오니 5시 가까이 되었다. 일단 샤워하고, 저녁을 먹으러 나간다.

호텔에서 2분 거리의 00호텔 식당의 평점이 좋아 그리로 간다.

평은 좋지만, 호텔 식당이라서 그런지 트라우트 요리가 27라리(약 13,000원), 맥주가 9라리(약 2,600원)로 비싸기만 하고 맛은 별로다. 깨끗하고 분위기는 있다만.

19. 카즈베기는 10월 말에 가시라!

20. 부킹닷컴도 못 믿겠다.

2018년 10월 29일(월)

9시 반 피터 팰리스(Petre Palace) 호텔을 출발하여 전철을 타고 디두베 버스정류장으로 간다.

10시 5분에 버스정류장에 도착하여 보르조미(Borjomi) 가는 마슈르카를 수배한다.

보르조미 가는 길

보르조미까지는 일인당 7라리(약 3,500원)이다.

환율이 조금 떨어졌다. 1달러에 2.695라리로 100달러를 바꾼다.

마슈르카는 11시에 출발한다.

중간에 기름을 넣는데 기름값은 리터당 2.3~2.5라리, 그러니까 약 1,200원 정도이다.

기름 한 방울 안 나는 나라이지만 기름값이 비교적 싼 이유는

보르조미 가는 길

아제르바이잔에서 펑펑 나는 석유를 러시아로 가져가는 송유관이 이 나라를 지나기 때문이라고 한다.

트빌리시 시내를 벗어나기 전 산 위에 거대한 건축물이 있다. 주변 사람들에게 물어보니 공동묘지라고 하는데 정말인지는 모르겠다.

한 10여분 가니 오른편으로 황량한 산 위에 즈바리 성당(Jvari Monastery)이 보인다.

므츠케타(Mtskheta)를 오른쪽 뒤로 남기며 서쪽으로 달려 고리(Gori)를 지나 보르조미로 향한다.

길 오른쪽으로는 집들이 간간이 보이고 그 너머로 나무 없는 누런 산들이, 그리고 그 산 너머로 검푸른 색 산들과 머리에 흰 눈을 이고 있는 산들이 이어진다.

저 봉우리들이 어제 간 카즈베기 산이 있는 코카사스산맥 줄기일 것이다.

12시 반쯤 소나무로 된 가로수 길을 지나 산속으로 달리는데, 단풍이 좋다.

한 15분쯤 달리니 도시가 나오는데, 여기가 보르조미이다.

시내 가운데로 쿠라 강이 흐르고, 북쪽은 높은 돌산 아래 마을이 형성되어 있고, 강 건너에는 '보르조미 탄산수'로 유명한 중앙 공원이 있다.

냇물은 검은데 물 수출품목이 3대 수출품 중의 하나라니!

이 물은 프랑스의 유명한 물 에비앙보다도 훨씬 비싸게 팔린다고 한다.

보르조미 시내에는 차이코프스키 동상이 서 있는데, 왜 차이코

보르조미: 쿠라 강

프스키 씨가 이곳에 있는가 했더니, 차이코프스키 씨도 이곳에 머물면서 약수를 드셨기 때문이라고 한다.

부킹닷컴에서 예약한 보르조미의 민박집을 찾아 간다.

강변 다리 옆에 있는 집인데, 가보니, 이건 웬 걸, 아니올시다다. 짐을 들고 낑낑거리며 3층으로 올라가 컴컴한 복도를 지나 예약해 놓았다는 방엔 전용 욕실도 없고, 방도 침대 하나로 꽉 차 있을 정도로 작고, 도저히 이건 아니다 싶다.

예약을 취소하고, 호텔 찾아 삼만 리이다.

이 선생과 부킹닷컴에 나와 있는 〈호텔 보르조미〉는 아무리 찾아봐도 찾을 수가 없나.

지도상으로는 분명 여긴데, 그리고 번지수도 맞는데, 호텔 간판이

보르조미 시내

20. 부킹닷컴도 못 믿겠다.

없는 것이다.

문을 두드리니 어떤 여자 분이 나와 호텔이 아니라고 한다.

이건 뭐, 부킹닷컴도 못 믿겠다.

결국 원래 예약해놓았던 민박집 옆의 인(inn)에서 전용욕실이 있는 방을 40라리(약 19,000원)에 얻었으나, 역시 추레하기는 마찬가지다.

이 선생과 초롱 씨는 다른 곳으로 가 30라리(약 14,000원)에 좋은 방을 얻었다고 연락이 온다.

나도 옮기고 싶었으나, 벌써 돈을 지불한데다 이 주인 여자의 마음을 상하게 하기가 싫어 그냥 하루만 머무르기로 한다.

점심은 평점이 좋은 투어리스트 카페로 간다.

자그마한 카페인데, 트라우트 튀김 8라리(약 4,000원), 돼지 바베큐 8라리, 그리고 짜짜 3라리(약 1,500원), 합이 21라리(약 10,000원)에 점심을 먹는다.

21. 물 먹으러 가는 길

2018년 10월 29일(월)

그리고는 보르조미의 유명한 물을 마시러 약수터가 있는 보르조미 중앙공원(Borjomi Central Park)으로 간다.

이 약수터는 보르조미 시내 중심부에서 약 1.4km 떨어진 곳에 있다.

보르조미 중앙공원 가는 길

가는 길엔 오른쪽으로 고급 호텔이 있고, 왼쪽으로는 호텔과 상가 등이 늘어서 있고, 가운데에는 큰 나무들이 있는 산책길이 있어 산보하기에 딱이다.

보르조미는 천연 광천수인 탄산수가 세계적으로 유명한 곳이다. 옛날 러시아 황제가 즐겨 마시기도 했다는 이 물은 고급 생수인 에비앙보다 더 비싸게 팔리는 물이기도 하다. 조지아의 3대 수출품 중 하나이며, 현재 세계 40여국으로 이 물이 수출되고 있다.

이 물은 소화 기능에도 좋은 물로 알려져 있어 체했을 때 이 물을 약으로 쓰기도 한다. 속이 거북할 때, 사이다나 콜라를 먹는 거나 마찬가지일 것이다.

보르조미 중앙공원

보르조미는 러시아 황실의 휴양지로 사용되기도 했다는데, 그건 이 물뿐 아니라, 온천이 나와 겨울에도 춥지 않기 때문이다.

산속이라 추워야 마땅하지만, 땅에서 솟는 물이 따뜻해 침엽수와 활엽수가 함께 숲을 형성하여 피톤치드도 많이 나와 공기도 좋다. 실제로 조지아의 천식 환자들이나 폐병 환자들은 이곳을 찾아와 정양을 하기도 한다고 한다.

일단 산 정상으로 오르는 케이블카를 타고 산위로 오르기로 했는데, 편도가 5라리(약 2,400원)이다. 비싸다.

주내와 초롱 씨는 물 나오는 중앙공원으로 먼저 들어가고 이 선생과 나는 케이블카를 타고 산위로 올라간다.

보르조미 중앙공원

중앙공원 입장료는 2라리(약 900원)이다.

케이블카를 타고 밑을 내려다본다.

보르조미 시를 조망하며 올라간 산위는 별로 볼 게 없다.

내려오는 건 걸어서 내려온다.

두세 사람이 걸어갈 수 있는 지그재그 숲길인데 단풍이 너무 좋다.

보르조미 중앙공원 에카테리나 약수터

연인들의 산책길로는 최고다. 유명한 물맛보다 이 길이 더 좋다.

이 길로 내려오니 어찌된 일인지 중앙공원 안으로 연결되어 있다.

"어, 우린 돈 안 내고 공원으로 들어왔네!"

공짜로 공원에 틈입했으니 일단 기분이 좋았는데…….

나중에 생각해보니 케이블카 비용에 공원 입장료가 포함되어 있는 듯싶다. 이래야 케이블카가 5라리로 비쌌던 이유가 설명된다.

공원 안으로 계속 들어가니 에메랄드 색깔의 돔 모양 구조물 아래 광천수가 있다.

이 약수터는 1841년 코카사스 총독인 러시아 에브게니 골로빈 장군의 딸 예카테리나가 이 약수를 마시고 병이 나았다고 하여 에카테리나 약수터(Ekaterina Spring)라는 이름이 붙었다고 한다.

물맛을 보니, 글쎄, 내 입에는 별로다. 우리나라 초정약수나 설악산의 오색약수가 훨씬 낫다.

이걸 보면 우리나라 초정약수를 비싸게 팔아먹어도 될 거 같다.

공기도 좋고, 운동도 할 겸 숲길을 따라 걷는다.

조금 가니 하트 모양의 바위가 있고 젊은이나 늙은이나 여기에 서서 사진을 찍는다.

보르조미 중앙공원: 하트 바위

조금 더 가면 폭포가 나타나는데, 뭐 그저 그렇다.

노르웨이에서 폭포를 본 분들에겐 이런 건 폭포 축에도 못 끼는 것이겠지만, 이 나라 사람들에겐 눈요기가 될 수 있을 것이다.

폭포 앞에는 노란 팬티를 걸치고, 양 손에 불을 들고 있는 씩씩한 젊은이의 동상을 볼 수 있는데, 이 동상이 인류에게 불을 가져다

보르조미 중앙공원: 폭포와 프로메테우스

준 프로메테우스 동상이란다.

이곳 사람들은 이곳이 프로메테우스가 독수리에게 간을 쪼아 먹히던 곳이라고 강력히 주장하고 있다 한다.

그래서 이런 동상을 세운 것이고~.

한편 카즈베기 사람들은 프로메테우스가 간을 쪼아 먹히던 곳이 카즈베기 산이라 하니, 누구 말이 맞는지 모르겠다.

어찌되었든 유명해지면 이곳저곳에서 인기가 있는 것이다.

숲길을 걸어 중앙공원에서 나온다.

저녁 역시 투어리스트 카페로 간다. 버섯 스프 5라리(2,300원) 감자튀김, 5라리(2,300원) 빵 1라리(약 450원)이 들었다.

21. 물 먹으러 가는 길

22. 뉘신지?

2018년 10월 30일(화)

아침 5시 45분에 일어나 샤워를 한다.

샤워기가 맘에 안 든다.

7시 반, 이 선생 민박집으로 간다.

오늘은 이쪽으로 방을 옮긴다.

어제 잔 집보다 훨씬 싸고 좋기 때문이다. 허긴 초롱 씨가 짜짜를 한 병 줬다고 하는 말에 솔깃하긴 했지만.

가방을 맡기고 시외버스 정류장으로 간다.

30라리(약 1,4000원)에 그린 수도원(Green Monastery), 아칼치케

녹색 수도원 들어가는 길

녹색 수도원: 교회 내부

성(Akhaltsikhe Castle), 케르트비시 요새(Khertvisi Fortress), 트모그비 성(Tmogvi Castle), 바르지아 동굴(Vardzia Cave) 등 다섯 군데를 관광하는 조건으로 마슈르카를 탄다.

일행은 우리 네 명 말고도 두 명이 더 있다.

9시에 출발하여 보르조미를 벗어나 얼마 안 가 9시 20분에 첫 번째 목적지인 녹색 수도원(Green Monastery)에 들른다.

이 수도원의 공식 명칭은 치타케비 성 조지 수도원(Chitakhevi St. George's Monastery)인데, 므츠바네 수도원(Mtsvane Monastery)이라고도 한다.

녹색 수도원이라 부르는 이유는 이 수도원으로 들어가는 길의 나무들이 녹색으로 아름답기 때문이다.

22. 뉘신지?

녹색 수도이라는 말마따나 수도원으로 들어가는 입구의 숲이 참 멋있다. 마치 우리나라 산사에 들어가는 길 같다.

수도원으로 들어간다. 담장 안에 두 개의 큰 건물이 있다.

하나는 종탑이고 하나는 돌로 된 교회와 수도승들이 머무는 돌집이 붙어 있다.

돌로 지은 교회는 정확히 언제 지었는지는 알 수 없으나, 9세기경의 건축양식으로 추정되며, 종탑은 15~16세기의 것이고, 1980년대에 복원된 것이다.

녹색 수도원 종탑

교회로 들어가 보나 특별한 것은 없는 듯하다.

무식한 우리 눈에 교회 내부가 다 그렇지 뭐!

밖으로 나와 교회 위의 산봉우리를 감상하는데, 같이 차를 타고 온 조울이라

녹색 수도원 종탑 아래 방: 해골

는 친구가 종탑 아래에 있는 방으로 들어가 보라 한다.

들어가 보니 해골 상자 안에 놓여 있다.

뉘신지?

이는 아마 16세기 샤흐 타마즈(Shah-Tamaz)의 침략을 받았을 때 순교한 수도승들로 추정된다.

그렇지만, 왜 유골들을 이렇게 보관하고 전시하는지는 모르겠다. 네크레시 수도원에서도 그랬는데…….

유행인가?

수도승들의 유골을 이렇게 보관하는 것이 이곳의 관습인가 보다.

한편 이 수도원 옆으로 흐르는 치타케비 내(Chitakhevi River)에는 '피 묻은 돌(Bloody Stones)'이라는 붉은 색의 돌들이 깔려 있는데, 순례자들은 희생당한 수도승들의 핏방울이 스며든 것이라 생각한다.

이 피 묻은 돌들은 비상한 치유능력을 가지고 있으며, 여름이나 겨울에 볼 수 있으나, 믿음으로 기도하지 않으면 피의 흔적이 없어진다고 하니, 가시는 분들은 꼭 믿음으로 기도하고 보시라!

9시 반쯤 다시 차를 타고 아칼치케 성(Akhaltsikhe Castle)으로 향한다.

가는 길의 단풍이 좋다. 돌로 이루어진 바위산에 가까스로 뿌리를 박고 인고의 세월을 견디어내며 피운 단풍이기에 그런 모양이다.

가는 길 왼편으로 망루 유적이 보인다.

왼쪽은 냇물이고 오른쪽은 철길이 지난다.

강원도의 산 비슷하지만, 돌산이고, 멀리 눈을 인 산들이 있다는 점이 조금 다르다.

23. 아칼치케 성

2018년 10월 30일(화)

오늘 우리를 안내해주는 운전수도 그렇지만, 여기 운전수들은 대부분 노인네들이다.

여기선 나이가 많아도 일을 한다. 장수국이라서 그런 모양이다.

조금 더 가니 바위산 위에 십자가가 보인다.

이 나라에선 산 위에 십자가를 세워 놓는다. 하느님이 높은 곳에 임하신다고 생각하기 때문이다.

운전기사는 운전을 하면서 성호를 긋는다. 그러니 이 차는 안전하다. 하느님이 보호해주실 거니까.

아칼치케 가는 길: 바위산 위의 십자가

아칼치케 성

10시 10분에 아칼치케 성에 도착하여 차를 세운다.

옛 이름이 롬시아(Lomsia)였던 '아칼치케'는 9세기경에 건설되었다.

아칼치케는 터키의 지배를 200년 동안 받고 19세기 초에 독립하였는데, 19세기 초에 이 도시의 옛 시가지를 라바티라고 불렀기 때문에 이 성을 현지인들은 라바티 성(Rabati Castle)이라고 부른다.

그래서 그런지 이 성안의 건물들은 이슬람 양식이 많이 남아 있다.

이 성은 2011-2012년에 재건축되었는데, 꽤 크다.

이 안에는 궁전, 무기고, 조폐국, 목욕탕, 교회, 감옥 및 18세기 중엽에 세운 모스크가 복원되어 있고, 관광안내소, 박물관, 호텔, 카페, 결혼식장 등도 들어 있다.

이 지역은 수세기 동안 유대인, 아르메니아인, 러시아인 등 여러 나

아칼치케 성

23. 아칼치케 성

라의 사람들이 정착해서 살았기 때문에 관용의 표상이 된 도시이기도 하다.

이 성은 전쟁 등으로 많이 파괴되었으나, 2011년부터 국가적 사업으로 복구 작업을 시작하여 2012년에 원래대로 복원하여 문을 열었다.

성 안으로 들어가면 관광안내소가 있고, 여기에서 6라리(약 2,900원)를 주고 입장권을 끊은 다음 마음대로 구경하면 된다.

조지아 물가 수준에서 입장료 6라리는 꽤 비싼 편이지만, 그만큼

아칼치케 성 안

아칼치케 성 밖

아칼치케 성 내부

볼거리들이 많이 있다.

일단 왼쪽 편으로 향한다.

좌우의 정원을 지나 망루로 올라간다.

망루에서 내다 본 성 안의 모습이나 성 밖의 아칼치케 시의 모습 또한 경치가 그만이다.

다시 망루에서 내려와 성벽을 따라 걷는다.

성벽 밖으로 내다보는 전망도 좋고, 성 내부의 여러 건물들 또한 다양한 형태로 잘 배치되어 있어 구경하기가 쏠쏠하다.

사진 찍을 곳도 많다.

그렇지만 복원한지 얼마 안 되어서 그런지 옛 맛은 전혀 없으나, 새로 지은 성이어서 깨끗하고 아름답긴 하다.

그렇지만 뭔지 아쉬운 여운이 남는 건 왜일까?

새 것은 새 것 대로, 젊으면 젊은 대로 그 맛이 있고, 늙으면 늙은 대로, 낡으면 낡은 대로 역시 그 맛이 있는 법이다.

이것이 자연이고 본질이다.

그리고 딱 그만큼 아름다운 것이다.

본질을 벗어나면 무엇인가 어색한 것이다.

물론 새것으로 바꾸어 놓고 새 맛을 즐기는 것도 전혀 나쁘지는 않

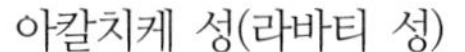

아칼치케 성(라바티 성)

아칼치케 성 밖 교회

아칼치케 성 내부

겠지만, 옛 맛은 포기해야 한다.

아칼치케 성이 그러하다.

약 한 시간 이상 쉬지 않고 돌아다녔더니 다리가 아프다.

24. 들어가 봐야 양파 벗기기일 테니!

2018년 10월 30일(화)

11시 20분 아칼치케 성을 출발한다.

바르지아 동굴 가는 길에 케르트비시 요새(Khertvisi Fortress)를 들른다.

이 요새는 조지아 남부를 지키는 중세의 요새인데, 쿠라 강(Kura River)과 파라바니 강(Paravani River)의 합류 지점에 있기에 케르트비시 요새라는 이름을 얻었다고 한다. 곧, '케르트비시'라는 말이 '합류하다'라는 뜻이기 때문이다.

이 요새는 언덕 위에 있어 이 요새 안을 구경하려면 언덕 위로 올

케르트비시 성

케르트비시 성

24. 들어가 봐야 양파 벗기기일 테니!

라가야 한다.

올라가 보니 이 요새 입장료는 5라리(약 2,400원)이다.

글쎄 여기 문화재는 입장료가 비싼 편이다.

아칼치케 성을 돌아다니느라 다리도 뻐근한데, 이 성안까지 돌아다닐 필요가 있을까?

입장료도 아낄 겸, 다리도 쉴 겸, 밖에서 사진만 찍는다,

교회도 그렇지만 이 성도 들어가 봐야 양파 벗기기일 테니!

다시 차가 주차되어 있는 길가로 내려오니, 운전기사가 쿠라 강 쪽으로 가면 흔들다리가 있다고 가보라 한다.

강 쪽으로 가니 줄로 매어 놓은 흔들다리가 있다.

저 쪽 끝으로 가면서 좌우의 강변 경

케르트비시의 쿠라 강 흔들다리

치와 산 위의 케르트비시 요새를 올려다본다.

다리는 흔들흔들한다. 뛰어가면 더 흔들린다.

더 흔들리라고 뛰고 또 뛴다.

잠시 동심으로 돌아가며 환히 웃는다.

이런 여행이 아니라면 언제 동심으로 돌아갈 수 있을까? 이것도 여행의 덕(德)이다.

다시 차를 타고 이제는 바르지아 동굴(Vardzia Cave) 마을로 향한다.

가는 길 오른쪽의 계곡 너머의 조금 황량한 산에는 듬성듬성 나무들이 서 있지만 단풍은 아름답다.

바르지아로 가는 도중에는 또 다른 요새인 트모그비 성(Tmogvi

바르지아 동굴 마을 가는 길

24. 들어가 봐야 양파 벗기기일 테니!

트모그비 성

Castle)이 있다.

트모그비 성은 언뜻 봐서는 알 수가 없다.

바르지아 동굴마을로 가는 도중에 왼쪽으로는 커다란 바위산이 있고, 오른쪽으로는 쿠라강이 있고 그 너머로 커다란 바위산이 있는데, 이 성은 오른쪽 계곡 너머 큰 바위산 꼭대기에 지어 놓은 것이어서 지나는 길에 차를 세워놓고 자세히 보지 않으면 잘 보이지 않는다.

성의 망루 같은 것이 그냥 산봉우리들 가운데 하나처럼 보이기 때문이다.

눈이 나쁘신 분들은 반드시 망원경을 가지고 오시라! 아님, 그냥 산봉우리만 보시든가…….

안 봐도 생존엔 전혀 문제가 없으니까, 잘 안 보인다고 스트레스 받지 마시라.

그렇지만 꼭 봐야 되는 건 물론 아니지만, 그래도 돈 들여가며 여기까지 왔는데, 볼 것은 봐야 하지 않겠는가!

여기 올려놓은 사진에서도 눈이 나쁘면 트모그비 성이 잘 안 보인다.

이 글을 읽으시는 분들은 위 사진에서 트모그비 성이 보이시는가?

안 보이시면 확대경으로 보시라!

공들인 만큼 보이는 법이다.

'트모그비'란 이름은 '이교도(조로아스터교) 성직자'라는 뜻의 조지아말 '모그비'에서 유래한 것이다.

트모그비 성

24. 들어가 봐야 양파 벗기기일 테니!

이 성은 조지아 남부의 아주 중요한 방어기지로 기능한 곳이다.

우리의 운전기사가 차를 세우고, 손가락으로 가리키며 설명을 해주니 그제야 산꼭대기에 세워놓은 성과 망루의 일부가 보인다.

운전기사인 이 양반은 사진을 찍어주기도 하고, 우리와 함께 사진을 찍기도 한다.

25. 먹는 게 먼저!

2018년 10월 30일(화)

그리고는 다시 차를 몰아 바르지아(Vardzia)로 간다.

바르지아까지는 몇 분 안 걸린다.

바르지아는 12세기경에 코카사스 산맥이 지나가는 자리의 절벽 표면을 파내어 그 안에 동굴 마을을 만든 곳이다. 복잡한 구멍들로 이루어진 벌집 같은 형태의 동굴도시이다.

그런, 왜 이런 동굴도시를 만들었냐구?

12세기 후반에는 조지아가 몽골의 침략에 저항하고 있을 때였다.

조지아의 위대한 여왕 타마르(Tamar: 게오르그 3세의 딸로 태어나 24

바르지아 동굴 도시

바르지아 동굴 도시에서 내려다 본 므트크바리 강

살 때 왕위에 올라 귀족들을 견제하고 왕권을 공고히 하여 군대의 충성을 받아내고, 외교력을 발휘하여 많은 전투에서 승리하였고, 무역과 수공업을 장려하여 조지아의 황금시대를 연 여왕)가 므트크바리 강(쿠라 강이라고도 함) 왼쪽의 예루살리 산 절벽에 대규모의 동굴 교회를 짓도록 명령하였고 그래서 약 40년에 걸쳐 만들었지~.

이 동굴도시는 므트크바리 강 근처의 비밀 통로를 통해서만 접근할 수 있도록 만들었다고 한다.

이 동굴 도시는 폭이 약 500미터 정도 되고, 층수는 수직으로 19층이나 되며, 동굴의수는 6,000여개가 넘었고, 수도승만 약 700여 명이 넘게 거주했다고 한다.

이 동굴은 교회, 왕실, 주거지, 포도주 저장소, 창고 따위로 구분되는데, 고지대 농업용수 시설까지 갖추었다고 한다.

지금도 남아 있는 수도관에서 나오는 물을 수도사들이 식수로 사용하고 있다.

이 동굴은 몽골족으로부터는 안전했으나, 1283년 발생한 지진으로 약 2/3가 파괴되었다고 한다.

이 동굴 도시를 바르지아라고 부른 데에는 역시 위대한 여왕 타마르가 관련되어 있다고 한다.

곧, 타마르가 어렸을 때, 이곳에 있는 동굴을 삼촌과 함께 방문했다고 한다. 타마르는 동굴 속에서 길을 잃었는데, 삼촌이 "타마르야! 타마르야! 어디 있니?"하고 외치자 "ak(여기), var(있어요), dzia(삼촌)"이라고 외쳤기 때문이라 한다.

아마도 꾸며낸 이야기 같긴 한데, 어찌되었든 이 이야기는 이 동굴이 복잡하게 얽혀 있음을 보여준다.

바르지아 동굴 도시에는 1시 반에 도착한다.

운전기사인 이 양반 배도 안 고픈지 바르지아 동굴 도시 탐험을 한 후에 식사한다고 한다.

아이고, 다리도 아프고, 배도 고프고.

야들은 '금강산도 식후경'이라는 말을 모르는 모양이다.

그렇지만 운전기사에게 '금강산도 식후경'이라는 말을 해봐야 알아듣지도 못할 것이 뻔하다. 야가 어찌 금강산을 알겠나?

그래서 의역하여

"한국 속담에 '먹는 게 먼저다. 보는 건 나중에!'라는 속담이 있다."고 얘기해준다.

25. 먹는 게 먼저!

그러자, "배가 부르면 절벽을 기어 올라가기 힘들기 때문"이란다.

그러는 동안에 같이 온 일행들은 벌써 동굴도시 탐험을 위해 절벽으로 난 계단을 오르고 있다.

"난 일단 먹고 올라 갈 거다."라면서 음식점으로 들어가려 하니,

"그러면 차를 타시라. 여기보다 저쪽 식당이 더 맛있다."고 하면서 쿠라 강 건너편 식당으로 데려다 준다.

바르지아 동굴 도시

역시 내 메뉴는 돼지 바비큐다. 주내는 육개장 비슷한 오스트리히를 시킨다.

돼지 바베큐 9라리(약 4,300원), 오스트리히 6라리(약 2,900원), 맥주 3.5라리(약 1,600원)으로 세금까지 합해서 20라리(약

9,500원)를 준다.

주내와 난 일단 먹는다.

다 먹고 나서 주내는 철제 계단을 통해 산을 오른다.

난 피곤하고, 잠만 자고 싶다.

바르지아 동굴 도시

옛날 터키 괴뢰메와 데린구유의 동굴 지하도시를 보았으니 비슷할 것이다 싶어, 그냥 음식점에 남아 앉아 있으면서 강 건너편 벌집을 본다.

그냥 겉만 감상하는 것이다.

그렇지만 여기 오시는 분들은 가능하면 동굴 탐험을 해보시길 권한다. 괜히 내 핑계 대고 안 봤다고 나중에 후회하지 마시고.

약 한 시간 반

동안 기다리자니 심심하기는 하다. 가끔 계곡으로 내려가 사진을 찍는다.

3시쯤 되자 운전기사가 이 선생 부부와 같이 타고 간 일행들을 태워서 이 음식점으로 차를 몰고 온다.

주내는 내가 피곤하여 안 올라가니, 나 대신 사진을 많이 찍어왔다.

사진을 보니 옛날 터키에서 본 동굴과 지하 도시 비슷하다.

바르지아 동굴 도시

이 교회의 주 교회인 성모 안식교회에는 타마르 여왕과 타마르 여왕의 아버지 조지 3세의 초상화가 포함된 프레스코화가 있다 하니, 올라가신 분들은 이 두 분의 관상을 꼭 보고 오시라!

난 비록 안 올라갔지만, 그래도 그것이 현명한 거다.

몸이 힘들 때는 쉬어야 한다. 결코 무리해서는 안 된다. 젊은이들이야 괜찮겠지만, 나이가 들면 매사 조심해야 한다.

4시가 지나서 바르지아를 출발하여 이 선생 민박집으로 돌아온다. 시리얼과 우유, 자색 무 등을 사서 저녁을 대신한다.

민박집 주인 아들에게 이 집에서 만든 짜짜를 한 병 달라고 한다.

조그만 소주병 정도 되는 병에 담은 짜짜를 가져다주고는 맛을 보라며, 한 병에 20라리(약 9,000원)라 한다.

맛을 보니 브랜디나 꼬냑보다 훨씬 낫다.

돈을 주고 한 병 산다.

〈조지아 아르메니아 여행기 2로 연결〉

책 소개

* 여기 소개하는 책들은 **주문형 도서**(pod: publish on demand)이므로 시중 서점에는 없습니다. 교보문고나 부크크에 인터넷으로 주문하시면 4-5일 걸려 배송됩니다.

http//pubple.kyobobook.co.kr/ 참조.

http://www.bookk.co.kr/store/newCart 참조.

<u>여행기(칼라판)</u>

〈일본 여행기 1: 대마도, 규슈〉 별 거 없다데스! 부크크. 2020. 국판 202쪽. 14,600원.

〈일본 여행기 2:고베 교토 나라 오사카〉 별 거 있다데스! 부크크. 2020. 국판 180쪽. 13,700원.

〈타이완 일주기 1: 타이베이, 타이중, 아리산, 타이난, 가오슝〉 자연이 만든 보물 1. 부크크. 2020. 국판 208쪽. 14,900원.

〈타이완 일주기 2: 헝춘, 컨딩, 타이동, 화롄, 지룽,타이베이〉 자연이 만든 보물 2. 부크크. 2020. 국판 166쪽. 13,200원.

〈동남아시아 여행기: 태국 말레이시아〉 우좌! 우좌! 부크크. 2019. 국판 234쪽. 16,200원.

〈인도네시아 기행〉 신(神)들의 나라. 부크크. 2019. 국판 132쪽. 12,000원.

〈중앙아시아 여행기 1: 키지흐스탄, 키르기스스탄〉 천산이 품은 그림 1. 부크크. 2020. 국판 182쪽. 13,800원.

〈중앙아시아 여행기 2: 카자흐스탄, 키르기스스탄〉 천산이 품은 그림 2. 부크크. 2020. 국판 180쪽. 13,700원.

〈조지아, 아르메니아 여행기 1〉 코카사스의 보물을 찾아 1. 부크크. 2020. 국판 184쪽. 13,900원.

〈조지아, 아르메니아 여행기 2〉 코카사스의 보물을 찾아 2. 부크크. 2020. 국판 182쪽. 13,800원.

〈조지아, 아르메니아 여행기 3〉 코카사스의 보물을 찾아 3. 부크크. 2020. 국판 192쪽. 14,200원.

〈마다가스카르 여행기〉 왜 거꾸로 서 있니? 부크크. 2019. 국판 276쪽. 21,300원.

〈러시아 여행기 1부: 아시아〉 시베리아를 횡단하며. 부크크. 2019. 국판 296쪽. 24,300원.

〈러시아 여행기 2부: 모스크바 / 쌩 빼쩨르부르그〉 문화와 예술의 향기. 부크크. 2019. 국판 264쪽. 19,500원.

〈러시아 여행기 3부: 모스크바 / 모스크바 근교〉 동화 속의 아름다움을 꿈꾸며. 부크크. 2019. 국판 276쪽. 21.300원.

〈유럽 여행기: 동구 겨울 여행〉 집착이 삶의 무게라고. 부크크. 2019. 국판 300쪽. 24,900원.

〈북유럽 여행기: 스웨덴-노르웨이〉 세계에서 제일 아름다운 곳. 부크크. 2019. 국판 256쪽. 18,300원.

〈포르투갈 스페인 여행기〉 이제는 고생 끝. 하나님께서 짐을 벗겨주셨노라! 부크크. 2020. 국판 200쪽. 14,500원.

〈미국 여행기 1: 샌프란시스코, 라센, 옐로우스톤, 그랜드 캐년, 데스밸리, 하와이〉 허! 참, 이상한 나라여! 부크크. 2020. 국판 328쪽. 27,700원.

〈미국 여행기 2: 캘리포니아, 네바다, 유타, 아리조나, 오레곤, 워싱턴〉 보면 볼수록 신기한 나라! 부크크. 2020. 국판 278쪽. 21,600원.

〈미국 여행기 3: 미국 동부, 남부. 중부, 캐나다 오타와 주〉 그리움을 찾아서. 부크크. 2020. 국판 288쪽. 23,100원.

〈멕시코 기행〉 마야를 찾아서. 부크크. 2020. 국판 298쪽. 24,600원.

〈페루 기행〉 잉카를 찾아서. 부크크. 2020. 국판 250쪽. 17,000원.

〈남미 여행기 1: 도미니카 콜롬비아 볼리비아 칠레〉 아름다운 여행. 부크크. 2020. 국판 262쪽. 19,200원.

〈남미 여행기 2: 아르헨티나 칠레 파타고니아〉 파타고니아와 이과수. 부크크. 국판 270쪽. 20.400원.

〈남미 여행기 3: 브라질 스페인 그리스〉 아름다운 여행. 부크크. 2020. 국판 262쪽. 17,700원.

여행기(흑백판)

〈중국 여행기 1: 북경, 장가계, 상해, 항주〉 크다고 기 죽어? 교보문고 퍼플. 2017. 국판 211쪽. 9,000원.

〈중국 여행기 2: 계림, 서안, 화산, 황산, 항주〉 신선이 살던 곳. 교보문고 퍼플. 2017. 국판 304쪽. 11,800원.

〈베트남 여행기〉 천하의 절경이로구나! 교보문고 퍼플. 2019. 국판 210쪽. 8,600원.

〈태국 여행기: 푸켓, 치앙마이, 치앙라이〉 깨달음은 상투의 길이에 비례한다. 교보문고 퍼플. 2018. 국판 202쪽. 10,000원.

〈동남아 여행기 1: 미얀마〉 벗으라면 벗겠어요. 교보문고 퍼플. 2018. 국판 302쪽. 11,800원.

〈동남아 여행기 2: 태국〉 이러다 성불하겠다. 교보문고 퍼플. 2018. 국판 212쪽. 9,000원.

〈동남아 여행기 3: 라오스, 싱가포르, 조호바루〉 도가니와 족발. 교보문고 퍼플. 2018. 국판 244쪽. 11,300원.

〈터키 여행기 1〉 허망을 일깨우고. 교보문고 퍼플. 2017. 국판 235쪽. 9,700원.

〈터키 여행기 2〉 잊혀버린 세월을 찾아서. 교보문고 퍼플. 2017. 국판 254쪽. 10,200원.

〈시리아 요르단 이집트 기행〉 사막을 경험하면 낙타 코가 된다. 부크크. 2019. 국판 268쪽. 14,600원.

〈유럽여행기 1: 서부 유럽 편〉 몇 개국 도셨어요? 교보문고 퍼플. 2017. 국판 217쪽. 10,400원.

〈유럽여행기 2: 북유럽 편〉 지나가는 것은 무엇이든 추억이 되는 거야 교보문고 퍼플. 2017. 국판 213쪽. 9,100원.

여행기(전자출판.)

〈일본 여행기 1: 대마도, 규슈〉 별 거 없다데스! 부크크. 2019. 전자출판. 2,000원.

〈일본 여행기 2: 오사카 교토, 나라〉 별 거 있다데스! 부크크. 2019. 전자출판. 2,000원.

〈중국 여행기 1: 북경, 장가계, 상해, 항주〉 크다고 기 죽어? 부크크. 2019. 전자출판. 2,000원.

〈중국 여행기 2: 계림, 서안, 화산, 황산, 항주〉 신선이 살던 곳. 부크크. 2019. 전자출판. 2,000원.

〈타이완 일주기 1〉 자연이 만든 보물 1. 부크크. 2019. 전자출판. 2,000원.

〈타이완 일주기 2〉 자연이 만든 보물 2. 부크크. 2019. 전자출판. 1,500원.

〈동남아 여행기 1: 미얀마〉 벗으라면 벗겠어요. 부크크. 2019. 전자출판. 2,000원.

〈동남아 여행기 2: 태국〉 이러다 성불하겠다. 부크크. 2019. 전자출판. 2,000원.

〈동남아 여행기 3: 라오스, 싱가포르, 조호바루〉 도가니와 족발. 부크크. 2019. 전자출판. 2,000원.

〈동남아 여행기 1: 수코타이, 파타야, 코타키나발루〉 우좌! 우좌! 부크크. 2019. 전자출판. 2,000원.

〈태국 여행기: 푸켓, 치앙마이, 치앙라이〉 깨달음은 상투의 길이에 비례한다. 부크크. 2019. 전자출판. 2,000원.

〈인도네시아 기행〉 신(神)들의 나라. 부크크. 2019. 전자출판. 2,000원.

〈중앙아시아 여행기 1: 카자흐스탄, 키르기스스탄〉 천산이 품은 그림 1. 부크크. 2019. 전자출판. 2,000원.

〈중앙아시아 여행기 2: 카자흐스탄, 키르기스스탄〉 천산이 품은 그림 2. 부크크. 2019. 전자출판. 2,000원.

〈조지아, 아르메니아 여행기 1〉 코카사스의 보물을 찾아 1. 부크크. 2019. 전자출판. 2,000원.

〈조지아, 아르메니아 여행기 2〉 코카사스의 보물을 찾아 2. 부크크. 2019. 전자출판. 2,000원.

〈조지아, 아르메니아 여행기 3〉 코카사스의 보물을 찾아 3. 부크크. 2019. 전자출판. 2,000원.

〈러시아 여행기 1부: 아시아 편〉 시베리아를 횡단하며. 부크크. 2019. 전자출판. 2,500원.

〈러시아 여행기 2부: 모스크바 / 쌩 빼쩨르부르그〉 문화와 예술의 향기. 부크크. 2019. 전자출판. 2,500원.

〈러시아 여행기 3부: 모스크바 / 모스크바 근교〉 동화 속의 아름다움을 꿈꾸며. 부크크. 2019. 전자출판. 2,500원.

〈북유럽 여행기: 스웨덴-노르웨이〉 세계에서 제일 아름다운 곳. 부크크. 2019. 전자출판. 2,500원.

〈유럽 여행기: 동구 겨울 여행〉 집착이 삶의 무게라고. 부크크. 2019. 전자출판. 3,000원.

〈터키 여행기 1〉 허망을 일깨우고. 부크크. 2019. 전자출판. 2,500원.

〈터키 여행기 2〉 잊혀버린 세월을 찾아서. 부크크. 2019. 전자출판. 2,500원.

〈시리아 요르단 이집트 기행〉 사막을 경험하면 낙타 코가 된다. 부크크. 2019. 전자출판. 2,500원.

〈마다가스카르 여행기〉 왜 거꾸로 서 있니? 부크크. 2019. 전자출판. 2,500원.

〈미국 여행기 1: 샌프란시스코, 라센, 옐로우스톤, 그랜드 캐년, 데스 밸리, 하와이〉 허! 참, 이상한 나라여! 부크크. 2020. 전자출판. 3,000원

〈미국 여행기 2: 캘리포니아, 네바다, 유타, 아리조나, 오레곤, 워싱턴〉 보면 볼수록 신기한 나라! 부크크. 2020. 전자출판. 2,500원.

〈미국 여행기 3: 미국 동부, 남부. 중부, 캐나다 오타와 주〉 그리움을 찾아서. 부크크. 2020. 전자출판. 2,500원.

〈멕시코 기행〉 마야를 찾아서. 부크크. 2020. 전자출판. 3,000원.

〈페루 기행〉 잉카를 찾아서. 부크크. 2020. 전자출판. 2,500원.

〈남미 여행기 1: 도미니카 콜롬비아 볼리비아 칠레〉 아름다운 여행. 부크크. 2020. 2,000원.

〈남미 여행기 2: 아르헨티나 칠레 파타고니아〉 파타고니아와 이과수. 부크크. 2020. 2,000원.

〈남미 여행기 3: 브라질 스페인 그리스〉 아름다운 여행. 부크크. 2020. 2,000원.

우리말 관련 사전 및 에세이

〈우리 뿌리말 사전: 말과 뜻의 가지치기〉. 재개정판. 교보문고 퍼플. 2020. 국배판 916쪽. 61,300원. ISBN 9788924070842

〈우리말의 뿌리를 찾아서 1〉 코리아는 호랑이의 나라. 교보문고 퍼플. 2016. 국판 240쪽. 11,400원.

〈우리말의 뿌리를 찾아서 1〉 코리아는 호랑이의 나라. e퍼플. 2019. 전자출판. 247쪽. 4,000원.

〈우리말의 뿌리를 찾아서 2〉 아내는 해와 같이 높은 사람. 교보문고 퍼플. 2016. 국판 234쪽. 11,100원.

〈우리말의 뿌리를 찾아서 3〉 안데스에도 가락국이……. 교보문고 퍼플. 2017. 국판 239쪽. 11,400원.

수필: 삶의 지혜 시리즈

〈삶의 지혜 1〉 근원(根源): 앎과 삶을 위한 에세이. 교보문고 퍼플. 2017. 국판 249쪽. 10,100원.

〈삶의 지혜 2〉 아름다운 세상, 추한 세상 어느 세상에 살고 싶은가요? 교보문고 퍼플. 2017. 국판 251쪽. 10,100원.

〈삶의 지혜 3〉 정치와 정책. 교보문고. 퍼플. 2018. 국판 296쪽. 11,500원.

〈삶의 지혜 4〉 미국의 문화, 교보문고 퍼플. 근간.

기타

4차 산업사회와 정부의 역할. 부크크. 2020. 국판 84쪽. 8,200원, 전자책 2,000원.

지은이 소개

- 송근원

- 대전 출생

- 여행을 좋아하며 우리말과 우리 민속에 남다른 애정을 가지고 있음.

- e-mail: gwsong51@gmail.com

- 저서: 세계 각국의 여행기와 수필 및 전문서적이 있음